光文社文庫

長編時代小説

浅き夢みし

吉原裏同心(27)
決定版

佐伯泰英

JN020735

光　文　社

目次

新吉原廓内図

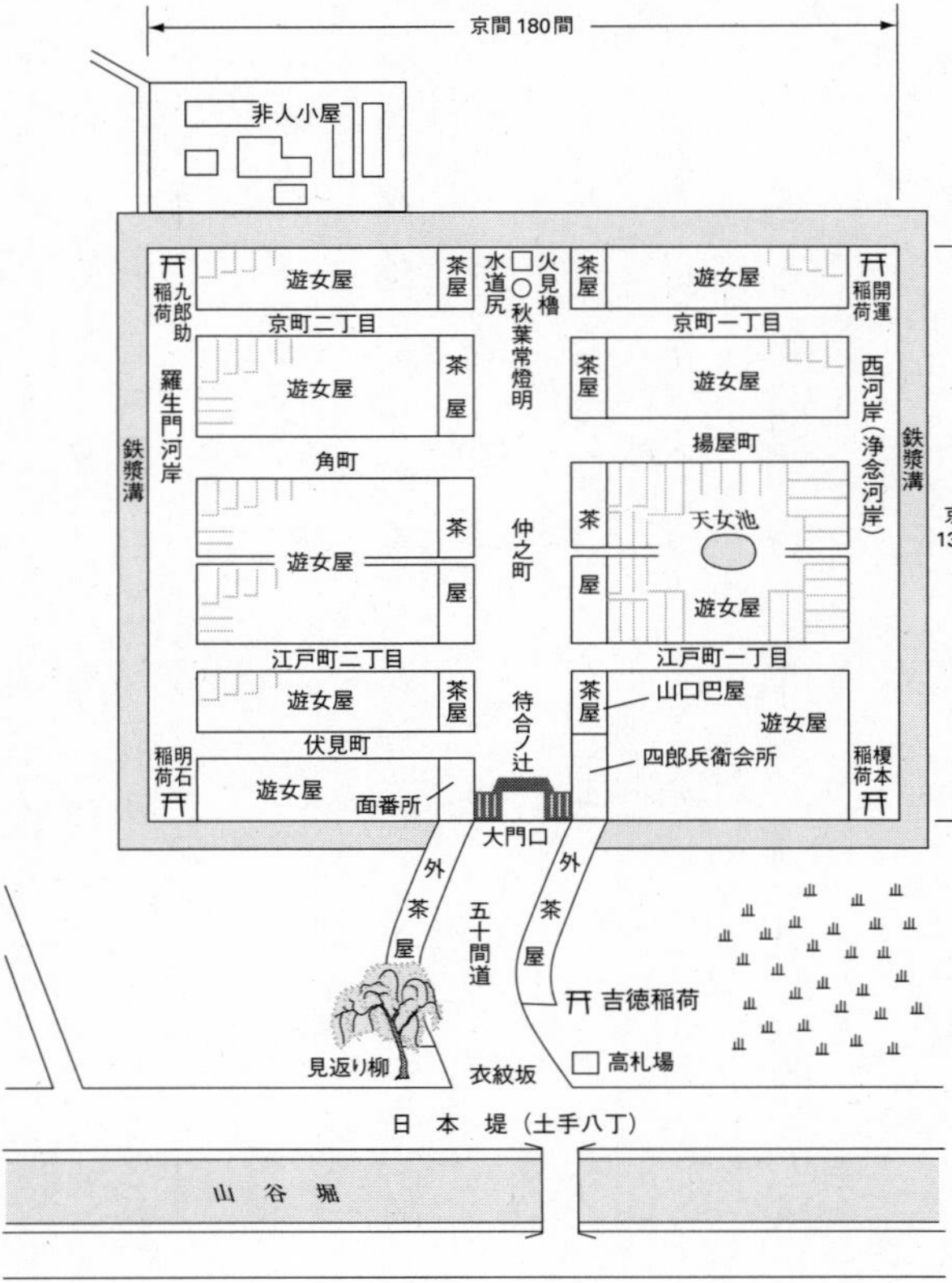

京間180間
非人小屋
九郎助稲荷
遊女屋
茶屋
水道尻
火見櫓
秋葉常燈明
茶屋
遊女屋
開運稲荷
京町二丁目
京町一丁目
遊女屋
茶屋
茶屋
遊女屋
羅生門河岸
西河岸（浄念河岸）
鉄漿溝
鉄漿溝
揚屋町
角町
茶
仲之町
茶
天女池
京間135間
遊女屋
屋
屋
遊女屋
江戸町二丁目
江戸町一丁目
遊女屋
茶屋
待合ノ辻
茶屋
山口巴屋
遊女屋
伏見町
明石稲荷
遊女屋
面番所
四郎兵衛会所
榎本稲荷
大門口
外茶屋
五十間道
外茶屋
吉徳稲荷
見返り柳
衣紋坂
高札場
日本堤（土手八丁）
山谷堀

北
東
南
西
鐘ヶ淵
千住大橋
荒川
隅田村
三河島
田端
日暮里
千住道
小塚原
駒込
谷中
日本堤
隅田川
寺島村
金杉上町
新吉原
今戸町
千駄木
白山
下谷
鷲神社
山谷堀
今戸橋
小梅村
東叡山
寛永寺
浅草寺
根津権現
東本願寺
御薬園
小石川
本郷
幡随院
広徳寺
阿部川町
浅草花川戸町
吾妻橋
中堂
伝通院
不忍池
新堀川
田原町
竹町ノ渡し
三間町
菊坂町
池之端仲町
下谷広小路
御徒町
並木町
駒形堂
湯島天神
蔵前
水戸徳川家
春日町
北割下水
牛込
森田町
石原町
御米蔵
神田川
神田明神
外神田
向柳原
小石川御門
水道橋
牛込御門
天王町
神楽坂
浅草橋
柳橋
御竹蔵
南割下水
昌平橋
筋違御門
和泉橋
柳原土手
両国広小路
本所
番町
市谷
内神田
田安御門
組板橋
雉子橋御門
一ツ橋御門
馬喰町
両国橋
回向院
竪川
神田橋御門
市谷御門
清水御門
小伝馬町
今川橋
日本橋
新大橋
常盤橋御門
北町奉行所
小名木川
麹町
江戸城
室町
江戸橋
仙台堀
深川
半蔵御門
呉服橋御門
日本橋
南茅場町
材木町
南町奉行所
西之御丸
永代橋
鍛冶橋御門
八丁堀組屋敷
京橋
霊岸島
富岡八幡宮
永田町
桜田御門
赤坂御門
数寄屋橋御門
西本願寺
越中島
山王日枝神社
新橋
築地
石川島
溜池
幸橋御門
汐留橋
佃島

『浅き夢みし』主な登場人物

神守幹次郎……豊後岡藩の馬廻り役だったが、幼馴染で納戸頭の妻になった汀女とともに逐電の後、江戸へ。吉原会所の七代目頭取・四郎兵衛と出会い、剣の腕と人柄を見込まれ、「吉原裏同心」となる。薩摩示現流と眼志流居合の遣い手。

汀女……幹次郎の妻女。豊後岡藩の納戸頭との理不尽な婚姻に苦しんでいたが、幹次郎と逐電、長い流浪の末、吉原へ流れつく。遊女たちの手習いの師匠を務め、また浅草の料理茶屋「山口巴屋」の商いを任されている。

加門麻……元は薄墨太夫として吉原で人気絶頂の花魁だった。吉原炎上の際に幹次郎に助け出され、その後、幹次郎のことを思い続けている。幹次郎の妻・汀女とは姉妹のように親しく、先代伊勢亀半右衛門の遺言で落籍された後、幹次郎と汀女の「柘榴の家」に身を寄せる。

四郎兵衛……吉原会所七代目頭取。吉原の奉行ともいうべき存在で、江戸幕府の許しを得た「御免色里」を司っている。幹次郎の剣の腕と人柄を見込んで「吉原裏同心」に抜擢した。

仙右衛門……吉原会所の番方。四郎兵衛の右腕であり、幹次郎の信頼する友でもある。

玉藻……仲之町の引手茶屋「山口巴屋」の女将。四郎兵衛の娘。

三浦屋四郎左衛門……大見世・三浦屋の楼主。吉原五丁町の総名主にして四郎兵衛の盟友であり、ともに吉原を支える。

嶋村澄乃……亡き父と四郎兵衛との縁を頼り、吉原にやってきた。若き女裏同心。

村崎季光……南町奉行所隠密廻り同心。吉原にある面番所に詰めている。

桑平市松……南町奉行所定町廻り同心。幹次郎とともに数々の事件を解決してきた。

足田甚吉……幹次郎と汀女の幼馴染。豊後岡藩の中間だった。現在は藩を離れ、料理茶屋「山口巴屋」の男衆をしている。

柴田相庵……浅草山谷町にある診療所の医者。お芳の父親ともいえる存在。

お芳……柴田相庵の診療所の助手にして、仙右衛門の妻。

正三郎……玉藻の幼馴染。四郎兵衛に見込まれ、料理茶屋「山口巴屋」の料理人となった。

桜季……三浦屋の新造。禿・小花として、落籍前の薄墨太夫の下についていた。

長吉……吉原会所の若い衆を束ねる小頭。

金次……吉原会所の若い衆。

伊勢亀半右衛門（故人）……浅草蔵前の札差。薄墨太夫の馴染客であった。自らの死に際し薄墨太夫を落籍し、幹次郎に後を託す。

浅き夢みし——吉原裏同心（27）

第一章　村崎同心危うし

一

麻《あさ》は毎朝目覚めるのがこれほど喜ばしいことはなかった。

その朝も寝起きの幸せの一瞬を感じていた。

おあきが風呂を沸《わ》かしているにもかかわらず、幹次郎《みきじろう》は近くの湯屋に行っており、汀女《ていじょ》はすでに台所にいた。

黒介《くろすけ》が麻を起こしに来た。

吉原《よしわら》では客を見送ったあと、二度寝するのが遊女に許された、ただひとつの楽しみだった。だが、今はゆっくりと眠ることができた。

鎌倉行《かまくらこう》から戻って五日が過ぎていた。

柘榴《ざくろ》の家に建てられる離れ家の整地が行われ、土台石が並んで檜《ひのき》の柱が立てられ、横架材《おうかざい》の側根太《がわねだ》も引き回され、その周りに杉柱が立てられていくと、なんとなく家らしくなってきた。

麻は、起き上がると寝巻の上に羽織《はおり》を重ね、夜具《やぐ》を片づけて納戸《なんど》部屋に仕舞った。このようなことを教えてくれたのは汀女だ。

「起きましたか」

汀女の声が台所からした。

「はい」

「湯が沸いております、お入りなさい」

「姉上は」

「入りました」

麻が台所に行くとおあきが竈《かまど》の前にいて、汀女が膳の仕度をしながら、

「早く入らぬと棟梁《とうりよう》方が参られますよ」

と言った。

「それは大変です」

麻は湯殿《ゆどの》に行き、羽織と寝巻を脱いで洗い場に入った。

朝湯がこれほど楽しいものだとは、これまで感じたことはなかった。

吉原では、湯に入るのも、化粧をするのも、着物を着るのもすべて客のためだ。麻は、遊女の暮らしに馴染《なじ》まぬように己の時を作った。むろんそれは松《まつ》の位《くらい》の太夫《たゆう》に出世したあとのことだ。一日のうち、わずかな時でも己のための着物を着て、素顔に近い薄化粧で通した。

幹次郎と会うときは、加門《かもん》麻と名乗ったのもそれゆえだ。武家の出の矜持《きょうじ》を保つためのことだった。

最初のころ、同輩《どうはい》から、

「いつまで侍《さむらい》の出の暮らしが忘れられないんだよ。ここは娑婆《しゃば》じゃないよ、鉄漿溝《おはぐろどぶ》に囲まれた女牢《おんなろう》だよ」

とか、

「郷《ごう》に入れば郷の習《なら》わしに倣《なら》うのが遊女の役目なのにさ」

と白い目で見られ非難されたが、薄墨《うすずみ》太夫は、

「加門麻」

を忘れぬように一瞬でも己のための時を持つことを貫き通した。そのことで伊《い》勢亀半右衛門《せきはんえもん》らの旦那衆に可愛《かわい》がられて、落籍《らくせき》につながったことを麻は承知して

いた。

（こんどは柘榴の家の習わしに慣れねば）

と思いながらも、幹次郎や汀女より麻が早く目覚めることはなかった。そのことを汀女に詫《わ》びると、

「麻、暮らしが大きく変わったのです。慣れるには時を要します。身も心も柘榴の家の暮らしに馴染むには半年や一年かかると思いなされ」

と言ってくれた。

麻が湯船に入り、二重の格子戸を少し開くと浅草田圃《あさくさたんぼ》越しに初秋の朝の光を浴びた吉原が見えた。

（あそこが薄墨のすべてだった時節があった）

と思いながら吉原に背を向けて身を湯に浸《つ》けた。

今日も暑い日になりそうだった。

汀女が雨戸を開ける音がした。

幹次郎が湯屋から戻ってきた気配はない。

「姉上、魚河岸《うおがし》に仕入れに行かれますか」

と汀女に風呂場から声をかけた。

麻は、汀女が日本橋《にほんばし》の魚河岸や青物市場に料理人といっしょに朝早く出かけることを柘榴の家に来て知った。

「いえ、今日はゆっくりの日です」

と汀女が応じた。

「ならば離れ家の普請《ふしん》が見られますね」

麻はいつもより少しばかり急いで湯から上がり、吉原から持ってきた数少ないふだん着の白絣《しろがすり》を着て、部屋に戻り、軽く化粧をした。

縁側《えんがわ》に立つと、柘榴の木に紅色の実がなり、その向こうに普請中の離れ家が見えた。

「明後日は、玉藻《たまも》様と正三郎《しょうざぶろう》さんの祝言《しゅうげん》です。明日はうちで祝言の料理の下拵《したごしら》えをします、麻も手伝ってください」

汀女が麻に言った。鎌倉から幹次郎ら三人が江戸に戻ってみると、祝言が当初予定していた八朔《はっさく》のあとではなく、予定を早めて少しでも早く落ち着きたいとの玉藻と正三郎の願いで、八朔前に催されると聞かされた。幹次郎らの考えも尋《たず》ねられたが、当人たちの願いに反対する曰《いわ》くもない。頷《うなず》く麻に、

「唐《とう》の国では柘榴の実を十五夜の月に供《そな》え、祝言の卓にも飾るそうです。玉藻さ

んの祝言に飾っては嫌がられましょうか」

「美しい実です。嫌がられるはずもございません」

「和国《わこく》では、鬼子母神《きしもじん》が釈迦《しやか》に諭《さと》されて子供を食する代わりに柘榴の実を食したというので嫌がられるようですね」

「知りませんでした。私ならば柘榴で祝ってほしいのに」

と麻は答えながら、汀女は祝言の場の飾りつけを自分に手伝わせる心積もりかと思った。

「私どもは祝言どころか妻仇《めがたき》と呼ばれて諸国を逃げ回っておりました。この地に来て気持ちに余裕が生じました。その心境に達するには長い月日がかかります。麻ならば私どもより短い月日で己の道を見つけられましょう」

ふたりの女は、柱や梁《はり》など枠組みだけの家を見ていた。


そのころ、幹次郎は聖天横町《しようでんよこちよう》の湯屋の湯船に体を浸けていた。相客は顔馴染の隠居がひとりいた。久しぶりに会う顔だった。たしか町内の油屋の隠居、参太《さんた》郎《ろう》だった。

「鎌倉に行っていたそうだな」

「なにせおまえ様の家にお住まいのお方は、北国《ほっこく》で全盛《ぜんせい》を誇《ほこ》ったお方だからな。この界隈《かいわい》の男どもがあれこれ噂しているのが耳に入るのよ」

「隠居も早耳だ」

「そうでしたか。いかにも鎌倉に参り、義妹に気持ちを新たにさせました」

「義妹かね、あのお方は」

「昔は昔、今は今、新たなる旅立ちをした女子《おなご》です。身内と思うて過ごすことにしました」

「そりゃ、いいや。それにしても汀女先生にあの人、なんという名だえ」

「加門麻が本名です」

「麻さんか、それに小女《こおんな》がいたな。旦那の家はおまえ様の他は美女ばかりだな」

「隠居、三人が聞いたら喜びますよ。それがしの他に男がもう一匹、あの家付きの猫がおりましてな、牡《おす》です。ゆえにそれがしと黒介のふたりが男です」

「猫まで入れなきゃあ、あの三人に太刀打ちできないか」

「まあ、そんなところです」

しばらく湯に気持ちよさそうに身を沈めていた隠居が、

「朝湯にのんびり浸かる気持ちは極楽だ。若い時分に大門《おおもん》を潜《くぐ》っていたころには考えもしなかったがね」

と言った。

「それがしもそう思います」

「おまえ様の若さで達観《たつかん》なさったか。もっとも吉原を陰で支える裏同心《うらどうしん》どのが吉原で遊びもできませんな」

「無理ですな。女はわが家で食傷《しょくしょう》しております」

ふっふっふ

と笑った隠居が、

「そう聞いておきましょうか」

と言い残して湯船から上がり、柘榴口の外に姿を消した。

幹次郎は、長々と足を伸ばして湯を独り占《ひとじ》めした。

鎌倉の旅から戻った幹次郎は、なかなか七代目頭取《とうどり》の四郎兵衛《しろべえ》とふたりだけで話す機会がなかった。

留守中の吉原に大きな騒ぎはなかった。だが、玉藻と正三郎の祝言が迫っていた。正三郎の願いで内々に済ますことになっていたが、仲人《なこうど》が三浦屋《みうらや》の主《あるじ》夫婦で、花嫁が七軒茶屋《しちけんぢゃや》山口巴屋《やまぐちともえや》の女主にして、吉原会所《かいしょ》の七代目頭取四郎兵衛の

娘とあっては、

「内々の祝言」

とはいかず、招《まね》かれる客が五十人を超えそうだという。

さりながら花婿《はなむこ》の正三郎は、実家は五十間道《ごじっけんみち》裏の建具屋《たてぐや》だ。もはや両親はおらず、兄の孝助《こうすけ》とおふじの夫婦は、未《いま》だ玉藻と弟の正三郎の身分違いを気にしていた。なんとか花婿側に気を遣わせないように人数を絞ることに四郎兵衛は頭を悩ましていた。

そんな四郎兵衛と幹次郎がふたりだけで鎌倉の話をしたのは、柘榴の家に三人が戻って二日後のことだった。

その日、四郎兵衛の供《とも》で浅草並木町《なみきちょう》の料理茶屋山口巴屋に行った。浅草田圃を抜けていく道すがら幹次郎に、

「鎌倉はどうでしたな、忙しさに紛《まぎ》れてゆっくりと話を聞くこともできなかった」

と四郎兵衛から話を持ち出した。

「幼い麻が母御《ははご》と訪ねた寺は、松岡山東慶寺《しょうこうざんとうけいじ》でございました」

「おや、麻様のおっ母さんは駆け込み寺を訪ねられましたか」

幹次郎はその経緯《いきさつ》を語った。

「そうでしたか。加門家の先代は、というのは親父様のことですがね、加門家を傾《かたむ》かせ、ついには麻様が吉原に身売りする因《もと》をそのような昔から作っておいででしたか。麻様も苦労なされましたな。まあ、その甲斐《かい》あってただ今の幸せがある」

「はい」

と答えた幹次郎は、

「七代目、気掛かりなことがひとつございます」

「気掛かりとは麻様のことですかな」

「いえ、吉原にございます」

四郎兵衛の足が止まり、

「建長寺《けんちょうじ》に託《たく》された御免状《ごめんじょう》『吉原五箇条遺文《いぶん》』に絡《から》みますかな」

と問う四郎兵衛に幹次郎は、二代目庄司甚右衛門《しょうじじんえもん》の隠し墓の前で三人に襲われた騒ぎを語った。

四郎兵衛はしばらく沈黙したまま足を止めていたがふたたび歩き出して、

「去年の鎌倉行きで懸念《けねん》を消し去ったと思うておりましたがな」

と険《けわ》しい声で呟《つぶや》いた。

「それがしが感じたところでは、過日《かじつ》の筋ではないように思えます」

「別の筋」

「はい。真岡《もおか》の円蔵《えんぞう》なる者に『遺文』の存在を知らせ唆《そそのか》した者はすでにこの世にはいない、円蔵が命じて始末させたと言うておりました」

「吉原内から漏《も》れたのでございますかな」

「それがしはそう考えました。円蔵にもう少し話をさせればよかったのでしょうが、なにしろ白昼の隠し墓の前、三人の口を封じることが先と考えましたものですから、始末が中途半端で申し訳ございませぬ」

あの場には呑込《のみこ》みの権兵衛《ごんべえ》もいた。権兵衛にさえ知られてよい話ではない。ゆえに口を封じることを優先した。

「神守《かみもり》様、三人の口を封じられましたので」

「はい」

しばらく沈黙したまま四郎兵衛はそぞろ歩いた。

「麻様と汀女先生の案内方で、鎌倉でのんびりしておられたとばかり思うておりました。なんと、途中から御用旅へと変わりましたか」

「それがしの務めにございます」

「神守様、この話を胸に秘めている者が未だ吉原にいると思われますかな」

「それがしには、真岡の円蔵一味が『遺文』の存在を知った背景には、奴らが始末した者の前に、さらに別の唆した者がいるように感じました。ただし、それが廓内《くるわうち》の者とも廓外の者とも言い切れません」

「廓の内外にな」

幾《いく》たび目の沈黙だろう。

四郎兵衛は沈思《ちんし》したまま歩いていたが、浅草寺《せんそうじ》の随身門《ずいじんもん》が見える場所に来たとき、

「吉原百年のためにこの遺恨《いこん》は消しておかねばなりませぬ」

と呟き、幹次郎は頷いた。

「今一度『吉原五箇条遺文』を初代の庄司甚右衛門様が公儀《こうぎ》から得た経緯を含めて調べ直します。神守様、この話、そなたしか頼りにできませぬ」

「それがしが隠し墓の前で三人の口を封じたことを姉様も麻も承知しておりませぬ」

四郎兵衛が首肯《しゆこう》し、

「四郎兵衛様、まずは玉藻様と正三郎さんの祝言を無事終えることにお互い専念致しましょうか」

と幹次郎が言った。

「吉原会所に神守様夫婦が加わってどれほど助けられたか。こたびのことも神守幹次郎様でなければできぬ務めです」

と四郎兵衛が応じた。

あの話をしてから三日が経っていた。

幹次郎はそう容易くはこの真相を探り得まいと思っていた。

幹次郎が湯から戻ったとき、柘榴の家では染五郎《そめごろう》棟梁らが仕事を始めていた。

「棟梁、暑い最中《さなか》、ご苦労じゃな」

「朝湯ですかえ、羨《うらや》ましい」

と応じた染五郎が、

「麻様が気にしていた家の広さですがね、六畳間には平床《ひらどこ》がございますので広く感じられましょう。茶室としてもなんぞの集いにも使えます。また控えの間は、柘榴の木を前に麻様の寝間《ねま》として使われるそうです。数寄屋《すきや》風のいい離れ家になりますよ」

と言った。

「お任せしよう」

幹次郎が台所の板の間に行くと、

「長湯でございましたな、幹どの」

と麻が言った。幹次郎が思わず、

「まるで女房がもうひとり増えたようじゃ」

と漏らし、

「おや、それではいけませぬか」

と汀女が言い、おあきは三人のやり取りを気にする風もなく平然としていた。

「それがしの身の置きどころがないでな。黒介だけが味方じゃぞ」

幹次郎が円座に丸まった黒介を抱え上げようとすると、さあっ、と逃げられた。

「黒介にも嫌われ、柘榴の家に味方はなしか」

「いえ、神守幹次郎様が柘榴の家の城主《しろぬし》にございます」

と汀女が言った。

「吉原の裏同心から城主に出世したか」

円座に腰を下ろした幹次郎は、

「姉様、祝言の人数は絞れたかな」

と尋ねた。

「それが、減るどころか増えるばかりで孝助さんが当惑しております」

「仲人が三浦屋の主夫婦、花嫁の父御《ちちご》は吉原会所の七代目頭取ともなれば致し方あるまい。孝助どのに会って、一生に一度のことだ、諦《あきら》めよ、と言うてみようか」

「幹どのが申されるのが、一番効き目があるかと思います」

と麻が言った。

柘榴の家では、朝餉《あさげ》だけは全員が揃って食した。だから賑《にぎ》やかだ。

「染五郎棟梁に聞いた。なかなかの離れ家になりそうだな。奥の間の六畳は平床がついておるゆえ広く見えるそうな、茶室にも使えるというな。麻、出来上がったらわれらを招いてくれるか」

「幹どの、われらは身内にございます。招いたり招かれたりの間柄ではございませぬ」

「なに、招かれぬのか」

「最初の招客《しょうきゃく》は、幹どの、姉上、おあきに黒介です」

「なかなかの顔ぶれじゃな」

と応じた幹次郎が、

「麻、当代の加門家の当主は招かずともよいのか」

と尋ねた。

「招いたほうがよいとお考えですか」

麻が幹次郎に反問した。

「それがし、麻の実弟どのを知らぬでな」

「私、吉原に身を沈めた日に加門家とは縁を切りました。弟であっても同じこと、致し方ございません。いけませぬか、姉上」

「麻がその気にならぬのを無理強《じ》いすることもございますまい、幹どの」

「無理強いなどはしておらぬ。血は水よりも濃いというではないか、儀礼で言うておるのではない」

「幹どの、私も麻も家を出たとき、身内との絆《きずな》は断ちました。ゆえにただ今の幸せがございます」

と汀女が言い切った。

幹次郎はただ首肯した。

幹次郎と汀女を見送った麻は、枝折戸《しおりど》から庭に入り、母屋《おもや》の縁側に秋の日差しを避けて座した。一日、離れ家の普請を見るのが麻の楽しみだった。その傍《かたわ》らに黒介がいた。

二

幹次郎は、見返り柳《やなぎ》の風にそよぐ葉を肩に受けて五十間道へと曲がった。

そのとき、建具屋の孝助の家に立ち寄っていこうと思いついた。明後日に祝言を挙げる花婿正三郎の実家だ。

「御免《ごめん》」

と声をかけるまでもなく、障子《しょうじ》紙の張り替えをする孝助親方が幹次郎に目を留めて、

「いらっしゃい、神守様」

と仕事の手を止めた。

「すまぬな、仕事の手を止めさせて」

「いえね、この障子はお客のものじゃないんで。うちの障子を張り替えている最中ですよ。客の仕事をするのは正三郎の祝言が終わったあとにします。どうもね、祝言のことを考えると気が散っていけませんや」

「予定が急に早まったようだが、考えてみれば親方が祝言を挙げるわけではあるまい」

「そりゃそうですよ。だけどね」

と孝助がいつもの言葉を繰り返そうとして間を置き、

「正三郎はどうしています」

と尋ねた。

「花婿どのは、もはやこちらの山口巴屋に移り、台所の調理道具や竈の手直しをしているそうだ。ここには顔を見せぬか」

「見せませぬな。あいつはあいつで、緊張しているはずなんですがね」

「いや、兄のそなたほど気にしてはおらぬように見える。腹を括《くく》ったのだろう」

「腹を括ったところで、両家の身分違いが変わるわけもありませんや」

孝助が最前口にしなかった言葉を言った。

「幾たびも言うが、四郎兵衛様も玉藻様も納得ずくの祝言だ。兄のそなたがそういつまでも拘《こだわ》ることもあるまい」

と言った幹次郎が、

「それがしと女房の汀女じゃがな、そなたの身内の席に座らせてもらってよいか」

と願った。

昨晩、汀女と話し合ってのことだった。

こたびの祝言は、どうしても花婿側の出席者が少なくなる、ゆえに幹次郎と汀女が花婿側の客として加われば、いくらかでも孝助、正三郎兄弟の気持ちが和《やわ》らぐかと思ったのだ。

「まだ四郎兵衛様や玉藻様には許しを得ておらぬがな。われらがどちらの招客であっても、おふたりとも文句はつけられまい」

「神守の旦那と汀女先生がわっしらの席でございますか、心強いことですよ」

「ならば、七代目に相談申し上げる。それがしの用事はそれだけじゃ。あまり気遣いするのも妙な話じゃ、祝いごとゆえ楽しく過ごせばよいことだ」

「それがね、できればね」

と孝助親方が言った。

この界隈の商人や職人にとって吉原は、唯一の稼《かせ》ぎ場、働き場所だ。その吉原を仕切る会所の七代目にして七軒茶屋の主となれば、絶対的な存在だった。

とはいえ、四郎兵衛も玉藻も、花婿正三郎の人柄を承知で決めた祝言だ。一々正三郎の家柄をうんぬんする気性ではなかった。

「神守様、わっしが口にすることじゃねえ、烏滸《おこ》がましいのはとくと承知だ。ひとつ気掛かりがあってな」

「なんだな」

「七代目の跡継《あとつ》ぎはどうする気だ。正三郎じゃ務まらないぜ」

この問いは幹次郎も考えないわけではなかった。

御免色里《ごめんいろざと》の吉原を実質的に仕切る会所の頭取の選任は、吉原の五丁町《ごちょうまち》の町名主らが決める。

六代目は七代目の実父であり、ただ今の七代目は世襲のようにして決まったことを幹次郎は承知していた。むろん七代目に吉原を統率《とうそつ》する力があることを名主方が見抜いていたからの推挙《すいきょ》だった。玉藻の相手が八代目に相応《ふさわ》しい婿ならば、当然玉藻の婿が八代目に選ばれることも考えられた。

「七代目も分かってなさる。もはや八代目を玉藻様の婿、料理人の正三郎さんには求めていなさるまい。だがな、ひとつだけ策が残っているような気がする」

「どんな策だ」

「正三郎さんと玉藻様に男の子が生まれたとせよ。七代目が、幼いときから吉原会所に相応しい教えをなさることだ」

「神守の旦那、四郎兵衛様をいくつと思っていなさる。まだ生まれもしない子に八代目を託す時の余裕がありましょうかな」

「なかろうな」

と応じた幹次郎が、

「孝助親方、この話、われらだけの内輪話《うちわ》にしてくれ。吉原の陰の者が考える話ではなかったわ」

「分かりました」

と孝助が頷いた。


いつも大門口に仁王《におう》のように立っている南町奉行所隠密廻《おんみつまわ》り同心村崎季光《むらさきとしみつ》の姿がこのところ見えなかった。

幹次郎らが鎌倉から戻って以来、その姿を見ていなかった。

その代わり、面番所《めんばんしょ》の前に茶色の肩衣《かたぎぬ》に平袴、継裃《つぎがみしも》姿の若い同心が立っていた。その背後には仰々《ぎょうぎょう》しくも見習い同心や槍持ち、草履《ぞうり》取りの若党《わかとう》を控えさせていた。

幹次郎が初めて見る同心だった。

「おや、村崎様になんぞございましたか」

と幹次郎が尋ねると、

「そのほう、何者だ」

と幹次郎の顔を睨《にら》みつけた。

「それがし、吉原会所に世話になる神守幹次郎にござる」

「そのほうが吉原裏同心を標榜《ひょうぼう》する輩《やから》か。それがし、南町奉行所隠密廻り同心法源寺則聡《ほうげんじのりあき》である」

いかめしくも言い放った。

「法源寺様」

「よいか、この吉原を監督差配するのは唯一町奉行所隠密廻り同心が詰める面番所である。そのほうの如《ごと》き怪しげな浪人者《ろうにんもの》を雇《やと》う吉原会所は不届き千万《せんばん》、奉行所を通じて強いお達しが四郎兵衛のもとへいこう。裏同心とやら、首を洗って待っておれ」
と宣告《せんこく》したものだ。
のちにこの話を会所内ですると番方《ばんかた》の仙右衛門《せんえもん》が、
「まあ、四、五日我慢しなせえ、鼻薬《はなぐすり》が効けば、あの若造同心法源寺め、どこ
ぞに飛ばされます」
と平然と言った。どうやらこれまでもあったことのようだ。

ともあれ吉原会所の障子戸を引いてみると、老犬の遠助《とおすけ》が土間に寝込んでいる
だけだ。建具屋に立ち寄った分、出勤が遅れたようだ、すでに番方たちは見廻り
に出ていた。

幹次郎は、このところ腰に差すことが多い津田近江守助直《つだおうみのかみすけなお》を抜くと奥に通った。
この一剣、伊勢亀半右衛門の形見の品だ。

奥座敷に七代目の四郎兵衛がいて、膝の上に人の名を認《したた》めた紙片を置いて眺
めていた。どうやら明後日の祝言の出席者の名簿だろう。

「遅くなりました」

と詫びた幹次郎が、

「祝言の出席者の数、何人になりましたか」

と尋ねた。

「三十人に留めようと考えたのですがな、倍近くの五十六人にもなりました。それでも、なぜうちを呼ばぬ、のけ者かと申される方がおられてな」

四郎兵衛が当惑の表情で幹次郎を見た。

「七代目、席順は花婿側、花嫁側に分かれてのことですか」

「そうすると正三郎のほうは十人足らずで、どうも具合が悪い」

「私ども夫婦が花婿側に加わるくらいではどうにもなりませぬか」

と幹次郎は、建具屋の孝助親方に会ってきた話をした。

「神守様も考えておいででしたか。あちらにおふたりが加わるのは心強いが、いかんせん人数が偏《かたよ》っております」

と溜息を吐《つ》いた。

「七代目、もはや花婿側花嫁側という席順を忘れて、仲良く交じり合って席を占めるということではいけませぬか」

「そうですな、それしか策はないようだ」

四郎兵衛が言った。

「汀女先生と神守様は、どちらが宜しいですかな」

「というより、われら末席でようございます。姉様は、料理茶屋の膳部の仕切りもせねばなりますまい。階下へ直《す》ぐ通れる裏階段に近い席がよかろうと思います。それがしはどちらでも」

よし、と言った四郎兵衛が改めて席順を考え直すことにして、紙片を懐《ふところ》に入れた。

「神守様、鎌倉の一件にございますがな、この数月のうちに不審な死を遂《と》げた吉原の住人は、見当たりませんでした」

四郎兵衛が話柄《わへい》を懸案の一件へと変えた。

「ですが、廓と関わりがある者がひと月も前に不審な殺しに遭っておりました。江戸《えど》町《ちょう》二丁目に半籬《はんまがき》（中見世《ちゅうみせ》）の萬亀楼《まんかめろう》がございますな」

「地味ながら手堅《てがた》い商《あきな》いの妓楼《ぎろう》と聞いておりますが」

「明暦《めいれき》三年（一六五七）の大火のあと、元《もと》吉原からこの浅草田圃に引っ越してきて以来、百三十四年が経過しておりますがな、元吉原以来の楼は、もはや数少なくなりました。萬亀楼は、その数少ない元吉原以来の妓楼です」

「萬亀楼のだれぞがどうかしましたか」

「もう少し辛抱して話を聞いてくだされ」

幹次郎は逸《はや》った己を恥じた。

「萬亀楼の当代の主は古希《こき》を過ぎた勇左衛門《ゆうざえもん》さんです。江戸町二丁目の世話方を長いこと務め上げられました」

多忙な名主を助ける副名主を置く五丁町があった。江戸町二丁目では世話方と称して萬亀楼の勇左衛門が地味な役目を長年務めてきたのだ。

萬亀楼の主はこのところ寝たり起きたりで、倅《せがれ》の雄二郎《ゆうじろう》が実質的な妓楼の経営に携わっていた。

「雄二郎さんですがな、先祖代々の商いを継承して、馴染の客をしっかりと捉えておられます」

「萬亀楼は昼見世《ひるみせ》の客が多うございますな」

幹次郎は、萬亀楼が町人より武家方が客に多い見世として知られていることを思い出していた。

「はい、武家方、あるいは手堅い老舗《しにせ》の店《たな》が接待に使うことが多うございますな」

吉原の見世には、大籬《おおまがき》（大見世《おおみせ》）、半籬、総《そう》半籬（小《こ》見世）と楼の大きさや格式があり、それぞれが得意な客筋を持っていた。

「早晩《そうばん》萬亀楼の主は、雄二郎さんが継がれます。この雄二郎さん、嫡男《ちゃくなん》ではございません。兄の増太郎《ますたろう》さんがおりましたが、自分の楼の遊女に見境なく手を出しましてな、当然のことながら楼の雰囲気が悪くなり、どうにもなりません。そこで十七年も前に勇左衛門さんが親族一同を集めて、その前で勘当《かんどう》を言い渡され、吉原の外に出されております。ために弟の雄二郎さんが継ぐことがほぼ決まっております。

一方、増太郎さんは吉原の外で矢場《やば》をやったり、深川《ふかがわ》の櫓下《やぐらした》で遊廓《ゆうかく》もどきの見世をやったりと、商いをやっては潰《つぶ》し、また新たなことを始めては潰すの繰り返しだそうです。その金の出所は、私の推量では、萬亀楼の弟雄二郎さんとは思えません、勇左衛門さんです。嫡子《ちゃくし》だった増太郎さんの勘当を気の毒に思っておられるのです。さて、この放蕩者《ほうとうもの》の増太郎さんがな、吾妻橋《あづまばし》東詰で、絞殺《こうさつ》されておりました。ですが、これまでの経緯が経緯、弔《とむら》いもひっそりと廓の外で済まされたようです」

四郎兵衛の話は終わったかに思えた。

「老舗の妓楼、客筋は武家方が多い。当代は、世話方を長年務めていた。萬亀楼

の勇左衛門さんは、御免状の『吉原五箇条遺文』の存在を知る立場にあったひと
りでございましたか」

四郎兵衛が首を横に振り、

「この吉原の秘密、限られた者しか知りませぬ、萬亀楼の当代が知っていたとは到底考えられませぬ。よしんばなにかの噂に聞いたとしても、勇左衛門さんはそれを勘当した嫡男に話す人ではございませんでな」

と言い足した。

幹次郎は、四郎兵衛の盟友三浦屋の四郎左衛門《しろうざえもん》が『吉原五箇条遺文』の存在を承知していると考えていた。だが、ここでは口にしなかった。

「四郎兵衛様はそれでも増太郎さんの死に引っかかりを感じられた」

首肯した四郎兵衛が煙草《たばこ》入れから銀煙管《ギセル》を取り出したが、火皿に刻みを詰めることはしなかった。

「吾妻橋東詰に霊光寺《れいこうじ》という浄土宗《じょうどしゅう》の寺がございますが、この寺近くに萬亀楼の御寮《ごりょう》がありましてな、そこでこの数年来勇左衛門さんが静養をしておられます、まず元気になって吉原に戻ってくることはございますまい」

と四郎兵衛が言った。

「増太郎さんを殺したのが勇左衛門さんの息がかかった者と申されますか」

「萬亀楼を雄二郎さんに渡すために増太郎さんを始末した、ということは考えられないわけではない」

四郎兵衛の言い方には含みがあった。

「となると、鎌倉の一件はこの増太郎さんの死になんの関わりもございませんかな」

幹次郎の問いにしばらく四郎兵衛は答えなかった。ただ煙管を弄《いじ》っていたが、不意に雁首《がんくび》で灰吹きをこつんと叩いた。

「私が訊き込んだ話によると、増太郎さんはただ絞殺されただけではない。手ひどい拷問《ごうもん》を受けたのちに絞殺されたことが分かっています」

「いくら勘当した倅とはいえ、親がなす所業を超えております」

「いかにもさよう」

幹次郎はしばし沈思した。

「萬亀楼の雄二郎さんに会いますか」

「いえ、増太郎さんの殺され方を調べようと思います。それでようございますか」

幹次郎の念押しに四郎兵衛が頷いた。

立ち上がろうとしたとき、表から、見廻りに行っていた番方らが戻ってきた気配がした。

「四郎兵衛様、面番所の村崎季光どのはどうなされたので」

「無役《むやく》に落とされるという話が内々に決まってございましてな、うちでは村崎様引き止めに動いておるところです。しばらくお待ちくだされ」

四郎兵衛が言った。

面番所隠密廻り同心村崎季光は、有能ではない。だが、吉原を監督する町奉行所から杓子定規《しやくしじようぎ》だったり、野心を持った同心が村崎の代わりに来るのは、吉原会所としては、

「芳《かんば》しい話」

ではない。鈍《どん》な村崎同心は吉原会所にとって、

「都合のよい役人」

だった。

「相分かりました」

幹次郎が広間に出ると、昼前の見廻りに出ていた番方仙右衛門や小頭《こがしら》の長吉《ちようきち》、それに若い衆《し》に交じって女裏同心見習いの嶋村澄乃《しまむらすみの》がいた。

鎌倉の旅から戻っても玉藻と正三郎の祝言や柘榴の家の離れ家の普請があって、皆となかなか話す機会がなかった。

「鎌倉から戻って、わっしらのことを忘れてはおりませんかえ」

仙右衛門が幹次郎に嫌みを言った。

「相すまぬ。このところばたばたとして落ち着いて話す機会もなかった」

と一同に詫びた。

「先ほど、面番所の新任同心法源寺則聡様から吉原に裏同心など要らぬ、首を洗って待っておれ、と馘首《クビ》を言い渡された。ゆえに近々暇《いとま》を告げることになるやもしれぬ」

へっへっへへ

と金次《きんじ》が笑った。

「なんだ、その笑いは」

「神守様の言葉がさ、新任同心の言うことを本気にしてないなと思ってね。あんな青二才《あおにさい》が面番所を、いや、吉原会所を仕切れるはずもないや」

と言い切った。

「往々にしてあのようなお方が出世するのが世の中だ、注意するに越したことはない」

幹次郎の言葉に頷いた仙右衛門が、

「あやつに比べれば村崎同心のほうがなんぼかましか」

と言った。

「神守様、そんなことはどうでもいいや。鎌倉はどうだったのだ」

「われら、麻の覚えていたことを辿《たど》って母上と訪ねた松岡山東慶寺を探し当てた」

「なに、縁切り寺をおっ母さんといっしょに訪ねておりましたのか」

「そういうことだ。姉様と麻の女ふたりしか東慶寺に入れぬでな、その先の詳《くわ》しい経緯は知らぬ」

と言った。その視線が嶋村澄乃にいった。

縞《しま》模様の単衣《ひとえ》に吉原会所の半纏《はんてん》を羽織った澄乃は、すでに吉原会所の一員の顔をしていた。半纏の背に小太刀が差し込まれているのだろうと、幹次郎は推量した。

鎌倉への旅の前、蜘蛛道《くもみち》で澄乃を襲おうとした真岡の円蔵を鎌倉で始末したとは言えない幹次郎だ。

「なんぞ御用がございますか」

と澄乃が訊いた。

「普請中の離れ家の件で大門外に出る。夜見世前には戻る」

と言い残した幹次郎は、背信《はいしん》の想いを胸に会所を出た。

三

幹次郎は、半刻《はんとき》（一時間）後、浅草寺の境内東にある池の端《はた》の老女弁財天《ろうじよべんざいてん》の茶店で、目当ての人を見つけた。茶店の外には南町奉行所定町廻り《じようまちまわ》同心の桑平市松《くわひらいちまつ》の小者《こもの》たちが待っていた。

会釈《えしやく》する小者に返礼した幹次郎が茶店の庭に入ると、桜の葉陰で桑平は、婀娜《あだ》っぽい年増《としま》女と話していた。まだ水っけの残る女と、理《わり》ない間柄というのではなさそうだ。なにか情報《はなし》を得ているような、そんな気がした。

「お邪魔かな」

「ほう、久しぶりにお目にかかったな。鎌倉の旅はどうでしたな」

桑平が幹次郎に訊いた。

女が助かったという顔で縁台から立ち上がり、

「旦那、私はこれで」

とその場を去ろうとした。

「つばき、最前の話、忘れるな」

と念押しした桑平に、

「分かってますよ。わたしゃ、蛇《へび》に睨まれた蛙《かえる》みたいなもんだ。逃げ道がないと思ったら、吉原の裏同心の旦那が助け舟を出してくれた」

と女が嫣然《えんぜん》とした笑みを幹次郎に送った。

「そなた、それがしを承知か」

「この界隈で務めを果たす者が神守幹次郎様の名と顔を知らなきゃあ、モグリです」

とつばきが答え、桑平が、

「女掏摸《すり》のつばきだ、裏同心どの」

と紹介した。

そんな口利きも平然として受け流したつばきが、すうっと茶店から消えた。その後ろ姿を見送った幹次郎が、

「ただの女掏摸とも思えないな」

と呟いた。その呟きには答えず、

「鎌倉へ美女ふたりとの道中はどうでした」

と桑平がふたたび尋ね返した。

「加門麻の幼いころの思い出を辿っての旅です。迷い迷い行き着いた先は松岡山東慶寺でござった」

「駆け込み寺ですね。薄墨太夫が吉原に身を投じた遠因《えんいん》ですかな。武家の娘にして苦労人とは聞いていたがな」

「まあ、そんなところであろう。東慶寺には女しか入れないというので、詳しい話は姉様からも麻からも聞いておりません」

ここでも仙右衛門にしたと同じ程度の話を繰り返した。

「そう聞いておきましょうか。ともかく加門麻が新しい旅立ちをなすきっかけになったことはたしかなようだ」

桑平が答え、幹次郎の顔を見た。

茶店の女が現われ、つばきの口もつけない茶碗を下げて、幹次郎に新しい茶を運んできた。

その間、ふたりは当たり障《さわ》りのない話をしていた。

「で、本日の話はなんですね」

「頼みごとです」

「ほう、珍しい。裏同心どののほうから正面切って頼みごととは」

幹次郎は茶を一口喫《きっ》すると、四郎兵衛からもたらされた話をだれから得た話とは言わず告げた。

途中から桑平の表情が険しくなった。

話を終えた幹次郎は、

「増太郎を殺した下手人《げしゅにん》は挙がったのですか」

と訊くと、

「いや」

と桑平が顔を横に振った。

「増太郎の死因は絞殺と聞いたが、手ひどい拷問を受けていたとか」

桑平は直《す》ぐには幹次郎の問いに答えない。

「厄介《やっかい》な騒ぎになぜ吉原の裏同心どのが首を突っ込むのか。増太郎が萬亀楼の跡取りだった時節は、もう遠い昔のことだ。増太郎の死は、吉原と関わりがないとみたが違うのか」

こんどは幹次郎が即答しなかった。

「桑平どの、この一件、吉原に関わりがあるともないとも答えられぬ。ついでにわれらが手を取り合ってひそかに探索したとしたら、ふたりして危ない目に遭うかもしれぬ」

「それを承知でわしにこの話を持ち込みましたか」

「それがし、町奉行所の融通《ゆうずう》の利く同心どのは桑平市松どのしか知らぬ」

「わしはそなたにだいぶ借りがある」

「いや、お互いに貸し借りはない。これだけは覚えておいてもらいたい。その上での相談だ」

「相談ね、どうやらそなたの言葉通り命がけになりそうだな」

桑平はそう言いながらなにか思案していた。しばらく間があって、
ぽつん
と言った。

「増太郎殺しの一件、探索は進展しておらぬ」

「だれぞから横やりが入りましたか」

「この一件、南町の当番だが、川向こうはわしの担当ではない。ゆえに探索が進もうと進んでいまいとどうでもよかった。だが、こうして神守幹次郎どのが厄介ごとをわしに持ち込んだ」

「嫌なら手を引くのは今のうちでござる」

「命がけの代償は」

「ことによっては、桑平どのにひと財産作ることになるかもしれぬ」

「三十俵《ぴょう》二人扶持《ぶち》には大きな誘惑じゃな。それも信頼の置ける神守どのからの頼みときた。断わるには勇気がいるな。その代わりしくじるとこの身を大川《おおかわ》（隅《すみ》田川《だがわ》）端《ばた》に曝《さら》すことになるのだな」

「それはこちらもいっしょ」

しばし桑平が考えた。

長い沈黙だった。

「この話を知る者はだれだな」

「それがしともうひとり」

「だれです」

「吉原会所の四郎兵衛様」

と幹次郎は答えた。

三浦屋の四郎左衛門が承知のようだと幹次郎は察していた。だが、このことを桑平には告げなかった。

「ということは吉原の仕事である。だが、探索を命じられたのはそなたひとりということかな」

「いかにもさよう」

「なにが知りたい」

「最前探索は止まっていると言われたが、その経緯を知りたい」

「こいつは意外と難しいかもしれぬな。いや、わしが言うのは、そなたがこれほど緊張しているのは初めてゆえ、探索を止めさせた横やりの主もそれなりの者であろう、そう考えたからだ」

と応じた桑平の顔色が変わった。

「まさか町奉行所内部の者と考えているのではあるまいな」

「その辺りも分からぬ」

幹次郎が首を横に振ると、

「こいつは驚いた。金玉が縮み上がったぞ」

と桑平が漏らした。

「町奉行所の者が関わりあるかなしかは別にして、増太郎を殺した下手人の心当たりを突き止めていたのかいないのか、まず、その辺りが知りとうござる。突き止めていないとしても、増太郎がどのような輩と最後に付き合っていたか、これまでの探索で上がっておりましょう。まずその辺りから調べてもらえると有難《ありがた》いのですがな」

しばし沈思した桑平が了承の頷きを幹次郎に返した。

「それがしの推察に過ぎぬ。相手方には残忍《ざんにん》な者が控えていると思う。ゆえにくれぐれも用心めされよ、桑平どの」

ああ、と漏らした桑平が、

「町奉行所内にも関わりがあるというのは裏づけがあってのことか、裏同心どの」

幹次郎は鎌倉の一件を隠しての桑平説得だ。なんとも説得力に欠けるが致し方がなかった。

「そなたに言うのも愚《おろ》かだが、吉原を監督するのは町奉行所だ」

「それだけが推察の理由《わけ》かな」

「背後に控えている者の見当がつかぬのだ。だが、それなりの力を秘めた者と推量はできる」

と繰り返すことしか幹次郎にはできなかった。

「つまりおぬしは、幾たびかこやつらと関わりを持ったのだな」

「その問いは聞かなかったことにしよう。それがお互いのためだ」

ううっ、と桑平が唸《うな》った。

「神守どの、その者の正体が知れた場合、どうするな」

「始末致す」

ふうっ、とこんどは桑平が大きな息を吐いた。

「あるいはこちらが骸《むくろ》になるか」

「それほどの大物か」

「と、考えたほうがいい」

相手が大物というより吉原存続の最大の秘密『吉原五箇条遺文』から桑平の注意を逸《そ》らすためにこう答えるしかなかった。

「桑平どの、われらが生き残ったとせよ。そなたはこの働き分の褒賞《ほうしょう》に望みがあるか」

と訊くと桑平は即座にこくりと首を縦に振った。

しばし間が置かれ、

「わしの女房のことを承知か」

と珍しくも身内のことに触れた。

「いや、桑平どののお身内について一切知らぬ」

「三年前、次男を産んだあと、病が発覚した。何人か医師に診《み》せたがだれの診断も同じだ。手足の力が衰《おとろ》えていく病でな、早晩寝たきりになると医師は言うておる。余命も二年、長くて三年だそうな。

八丁堀《はっちょうぼり》の役宅《やくたく》では、女房も気が休まるまい。川向こうのどこぞで、小体《こてい》な借家に小女ひとりを置いてのんびりと最期の時を過ごさせたい。わしは定町廻り同心ゆえ、悪知恵を働かせればその程度の金子《きんす》はできよう。だが、それはしたくない、瘦《や》せても枯れても、南町奉行所同心だ。わしのあとを六歳の勢助《せいすけ》になんとか継がせたいのだ」

幹次郎が初めて知る桑平の家の内情だった。

「桑平どの、それがしがそなたを信頼するのはさような矜持ゆえだ、男気《おとこぎ》でござる。その一件、しかと承《うけたまわ》った」

「ならばわれらの盟約成ったな」

「いかにも」

「明後日、いや、明日の夕刻にこの茶店で」

と言い残した桑平が茶代を縁台に置いて先に立った。

しばらく幹次郎はその場に残り、考えに落ちた。

茶店の女が姿を見せて茶代に目をやり、

「おや、桑平の旦那はお帰り」

と言った。

頷く幹次郎に、

「あれで律儀《りちぎ》なのよね、桑平さんのように役人風吹かせない町奉行所同心は滅多《めった》にいないわよ」

と言い足した。

「いかにもさよう」

「吉原会所の裏同心の旦那と気が合うのはなんとなく分かるわ」

と女は桑平が去ったあとを見た。

幹次郎は、吉原への帰り道、柘榴の家に立ち寄った。すると柘榴の家の縁側で麻と棟梁の染五郎と、これまで見たことのない職人の三人が話をしていた。

「おや、義兄上《あにうえ》、どうなされました」

麻が幹次郎を迎えた。

「御用でな、人に会っておった。その帰り道だ」

「ちょうどようございました。染五郎棟梁から相談がございました」

麻の言葉に幹次郎は染五郎を見た。

「いえね、本来ならばとっくに決めてなきゃならない話なんですがね、最後まで迷いましてね、麻様に話をしていたところでございますよ」

「普請の変更かな」

いえ、と染五郎が首を振った。

「屋根でございます。母屋は瓦《かわら》で葺《ふ》いてございますが、離れ家は数寄屋造り、瓦より柿葺《こけら》きにしたいのですがどうでございますかな、神守様」

「柿葺きとは板屋根のことじゃな」

「へえ、柿葺きと柿《かき》に似た字をあてますが、柿板《こけらいた》は、杉、椹《さわら》、檜、槙《まき》などの赤身部分だけを使います。ほれ、これが檜の赤身材です」

ともうひとりの職人が持つ板材を幹次郎に見せた。

厚さ一分《ぶ》(約三ミリ)、幅三寸(約九センチ)、長さ一尺(約三十センチ)の薄い割板だ。これを重ね合わせて竹串で留める、ためにそのときの竹串の音が、

とんとん

と響くのでとんとん葺きともいう。主に数寄屋造りや社寺の屋根に使われる。

「瓦や茅《かや》葺きより柿葺きのほうが武骨《ぶこつ》ではないそうです」

「麻、そなたが離れ家の主じゃぞ。決めるのはそなただ」

「ならば、柿葺きに致します、柿とは木くずの意だそうで、私にはうってつけかと思います」

「麻が木くずか」

「いけませぬか」

麻の出自を知る男たちが笑い出し、

「よし、檜の柿葺きに決めた」

と染五郎棟梁が言った。

幹次郎は、妙な日だな、と思った。

桑平同心の妻女がまさか病の床にあるなどとは、想像もしていなかった。そして、桑平が数年と余命が限られた女房に静かな住まいでのんびりと暮らさせてやりたいという気持ちを幹次郎に託した日、柘榴の家では、離れ家の屋根葺きの話が出た。

麻が造る離れ家のような家があればなによりだが、と考えながらふと思いついた。

「棟梁、別の話だ。麻の離れ家のように小さな家を川向こうの小梅村《こうめむら》辺りに借りるとしたら、店賃《たなちん》はいくらだな」

「おや、神守様は、別宅をお探しで」

「いや、そうではない。ちと思いついたまでだ」

幹次郎の突然の言葉に麻が不思議そうな顔をしていた。

「小梅村に小体の借家を探すのは難しいかもしれませんな、それより隠居所の売りならばございましょう」

「いくらだな」

「こりゃ、本気ですな」

染五郎棟梁が、

「神守様、隠居所もピンキリでしてね、それでも近ごろは高くなりました。下は、百坪ほどの借地に十五坪の広さの家で三、四十両、ですが、女を住まわせるとなると、やはり百両以上かかるでしょうな」

「義兄上」

と麻も真剣になった。

「麻、色ごとが絡む話ではないわ」

「では、なんでございますな」

「なにやら姉様から詰問《きつもん》されておるようだな」

と幹次郎が苦笑いして、

「余命が限られた病人を静かに過ごさせたいというお方がおられてな、相談を受けたのだ」

「呆《あき》れました」

と麻が言った。

「吉原の裏同心はさようなことまで相談を受けますか」

「麻、それがしの分《ぶん》を超えていることは承知だ。百両ではどうにもならぬということが分かったゆえ、この話はおしまいだ」

と幹次郎は、話柄に自ら蓋《ふた》をした。だが、会所ならば、なんとかしてくれると思った。そのためには、なんとしても鎌倉の一件を始末せねばなるまいと覚悟した。

「麻、留守を頼んだ。それがしは吉原に戻る」

「義兄上、姉上から明後日の祝言の仕度で今晩は遅くなると使いが来ました」

「そうか、あちらも天手古舞《てんてこまい》だな」

「のんびりしているのは私だけでございますか」

「そういうときもあってよかろう。麻、精々《せいぜい》染五郎棟梁らの普請を楽しめ」

「はい」

と言った麻が沓脱《くつぬ》ぎの下駄を履《は》き、門まで見送ってきた。

「最前の話、一体どなたでございますか」

と麻が尋ねた。

「そなたや姉様が気にかけることではない。世間では他人から見れば幸せと思える家にも、あれこれとあるものでな」

と答えた幹次郎を麻が、

「なんだか、本日の幹どのはおかしゅうございます」

と言って見送った。

四

秋の一日がなにごともなく過ぎた。

この日、幹次郎が吉原に戻ったのは昼見世が終わり、夜見世前の、吉原がどことなく気の緩《ゆる》んだ刻限だった。とはいえ、遊女衆はのんびり楼で過ごしているというわけではない。夜見世に向けて、化粧など仕度に余念がない刻限だ。

大門前から仲之町《なかのちょう》には吉原の華、花魁《おいらん》衆の姿はなく精々花魁の使いに出された禿《かむろ》の姿が見えるくらいだ。

もはや秋。

それでも残暑が吉原を覆《おお》っていた。

幹次郎が大門に差しかかったとき、
ふらり
と面番所からやつれた同心が姿を見せた。

幹次郎が足を止めて同心を確かめると、なんと無精髭《ぶしょうひげ》の隠密廻り同心村崎季光だった。

「村崎どの」

と思わず声を上げた。

「病に臥《ふ》せっておられましたか」

「おお、裏同心の旦那か」

言葉にも力がない。

「遅い夏風邪を引いてな。女房から移されたのだ」

「それはお気の毒な」

村崎が幹次郎を手招きした。

「風邪はもう治ったので」

「風邪はうつさぬ」

「と申されても夏風邪はしつこいゆえ御免蒙《こうむ》りたい」

「そう申さず偶《たま》にはわしの話も真剣に聞け。風邪など大したことではない、差し障りがあるゆえ、傍《そば》に来いと申しておる」

「それがし、面番所隠密廻り同心どののご忠言《ちゆうげん》は常にしっかりと胸に受け止めております。ゆえに小言を頂戴《ちょうだい》するようなことはございませぬがな」

幹次郎はそう言いながら、少しだけ村崎季光に歩み寄った。

「もそっとわしの傍に」

と村崎が粘《ねば》った。

幹次郎は致し方なくやつれ果てた村崎の傍らに寄った。

「話とはなんでございますな」

幹次郎の顔を力のない両目で凝視《ぎょうし》した村崎が、

「嵌《は》められた」

と漏らした。

「どういうことでございますな」

「わしを無役に落とそうとした者がおる」

「なんと。村崎どのは無役でございますか」

「ばかを申せ。そう容易く無役に落とされてたまるか。いよいよわしの立場がなくなるわ。嫁と母親にこの数日なんと罵《ののし》られたことか」

と、ほとほと疲れたという顔で村崎季光が幹次郎を見た。

「そなた、真相を承知ではないのか」

「真相とは、村崎どのが無役に追い落とされようとしたことですか。知るわけもございません。それがし、ご存じのように鎌倉に旅して江戸を不在にしておりました」

「おお、そうであったな」

と村崎が得心したように応じた。

「どういうことでございますか」

「分からんというのが正直なところだ」

と精魂《せいこん》尽き果てたという顔を幹次郎に向けた。

「村崎どのは面番所を辞されるので」

「それだけはなんとか食い止めたいのだがな、ただ今は内命《ないめい》の段階だ。裏同心どの、知恵はないか」

幹次郎は腕組みして思案する面持ちを作った。

一応長い沈思をしてみせたのち、

「ひとつだけ考えがございます。じゃが、清廉潔白《せいれんけっぱく》を旨となさる村崎どのがうんと申されるかどうか」

「この際だ、清廉潔白の信条は捨ててもよい。なんだ、話を聞かせよ」

皮肉交《ま》じりの幹次郎の言葉に村崎は本気の返事で応じた。

「それがし、七代目に相談してみます」

「相談とはなんだ」

「むろん村崎どのが吉原に残られる手筈《てはず》についてですよ」

「奉行所もかなり上からの内命と聞いておる。吉原会所が動いて藪蛇《やぶへび》にならぬか」

「村崎どの、元吉原以来吉原が御免色里を守り続けてきたのは、それなりの費《つい》えや策や手立てを講じてのことでございますよ。御城にもそれなりの手蔓《てづる》があると、漏れ聞いております。それがしが言う相談とはそういうことです」

むろん幹次郎はすでに四郎兵衛が村崎季光の面番所残留工作に手をつけていることを承知していた。だが、ここは村崎に恩を売っておく機会だと、幹次郎は考えたのだ。

「神守どの、頼もう。この通りじゃ」

村崎がやつれた顔で頭を下げた。

「村崎どの、およしくだされ。村崎どのが面番所同心として優秀ゆえ、それがしは分を超えて七代目に願ってみるのです。吉原会所にとっても村崎どのは、なんとしても残留していただきたいお人です」

「おお、そうじゃな、わしも長年吉原会所とは親密に役目を果たしてきた間柄じゃでな、それくらいしてくれてもよいな」

「村崎どの、七代目に相談してみますが、必ずうまくいくとは限りませんぞ。そのときはご容赦ください」

「おお、承知じゃ」

と応じた村崎が、

「もしもじゃぞ、わしが面番所を辞めさせられて無役になったとして、吉原会所は裏同心で雇ってはくれぬかのう」

となんとなく卑《いや》しげな表情で願った。

「村崎どの、会所の裏同心は面番所と違い、汚れ仕事が主な務めでございますよ。それにあちらからこちらへ移られることを奉行所もお許しになりますまい」

幹次郎が面番所から吉原会所に視線を移した。

「そうじゃな、奉行所が許すまいな。となると、四郎兵衛様が頼りか」

ふだんは四郎兵衛などと呼び捨てにしている村崎がなんと敬称をつけて呼んだ。

「いかにもさよう」

と応じて会所に向かいかけた幹次郎が、

「おお、そうです。お尋ねしたいことがございました」

と振り返った。

「わしの知恵を借りたいか、なんでも役に立とうぞ」

「昨日、面番所新任同心の法源寺則聡様からそれがしも、『首を洗って待っておれ』と会所からの放逐《ほうちく》を宣告されました。法源寺様にはそのような力がございますのでしょうかな」

「新参者か、あやつも虫が好《す》かん輩よ。嫁の父御どのが、年番方《ねんばんかた》与力を務めておってな、その力を笠にきて威張りおる。わしの無役左遷《させん》の画策《かくさく》にも、あやつが一枚嚙んでいると見ておる。あやつがわしの同輩かと思うと、面番所に残ったところで美味《うま》い汁も吸えぬな」

村崎は思わず本音を漏らした。

年番方与力は、南北町奉行所各二十五騎の与力の中でも老練《ろうれん》な筆頭《ひっとう》与力だ。

「七代目、わしを残すついでにあやつをどこぞに放り出してくれぬかのう」

「村崎どの、物事は一つひとつ確実になすのがようございましょう。まずは村崎どの、面番所残留の一件からですぞ」

「神守どの、お任せ申す」

やつれた顔にいくらか喜色《きしょく》が浮かんだ。

吉原会所では番方仙右衛門以下の面々が茶を喫し生菓子を食していた。

「ほう、こちらは長閑《のどか》ですな」

「神守様、村崎同心から泣きつかれたか」

「まあそんなところです」

見習い裏同心の嶋村澄乃が幹次郎に盆に載せた茶菓を持ってきた。

「甘味《かんみ》は正三郎さんからの差し入れです。こちらに移られるご挨拶だそうです」

と澄乃が言った。

「正三郎さんは京にて他人のめしを食ってこられたお人です。心遣いは玉藻様の亭主になられようと変わりはなかろう」

と言った幹次郎が、

「相すまぬな。このところそなたの見廻りに付き合えんで」

と詫びると、

「いえ、神守様はご多忙なようです、閑《ひま》になられるのを待ちます」

と澄乃が応じた。

「会所はどんな具合だ」

幹次郎が澄乃に訊いた。すると、

「神守様の鎌倉行き以来、こちらは大きな騒ぎはないな」

と仙右衛門が答えた。そして、

「神守様よ、澄乃の言葉じゃございませんが、そなた様だけがご多忙な様子です。面番所の村崎同心になにか懇願《こんがん》されていたようですな」

と言い足した。

仙右衛門は口にはしなかったが、幹次郎が四郎兵衛から直《じか》に命じられて内密の仕事をしていることを察していると思われた。

「村崎どのはえらくやつれておった。無役に落とすと内命が下ったというので意気消沈《しょうちん》してな、それがしになんとかせよと頼まれたが、それがしも新参者の同心法源寺様から首切りを申し渡されている身だ。なんともしようがないと答えたところです」

幹次郎は仙右衛門が最も気にかけていることには答えず、村崎の頼みをさらりと告げた。

「嫌な同心だぜ、あいつはよ。おれたち会所の者を虫けらくらいにしか思ってねえ」

と金次が言った。

「あのお方の義父は南町の年番方与力だそうですな」

「聞きましたか。嫌な奴が村崎同心になり代わって、同心として面番所に来ますか」

と仙右衛門がぼやいた。

茶を喫した幹次郎が澄乃に、

「夜廻りはいっしょに参ろうか」

と言い残して奥に通った。


「正三郎さんが気遣いされたようですね」

幹次郎が座りながら四郎兵衛に言った。

「表に甘味を届けたようですな」

と四郎兵衛が笑った。

「七代目、鎌倉の一件に絡んで萬亀楼の嫡男だった増太郎の死を南町の桑平どのに調べてもらうことに致しました。この一件、いささか急を要すると思いました。ゆえに七代目に断わりもせずに無断で桑平どのに願いました」

と直截《ちょくせつ》に告げた。

「神守様が判断なされたことに異論はございません。で、桑平様はどう申されましたな」

「桑平どのは勘がよい同心どのです。吉原に関わる極秘のことと気づかれたようです。いえ、すべてを話したわけではございません。ただ、危険が伴《ともな》う頼みだと申しました」

「それでも引き受けられましたか」

はい、と答えた幹次郎は桑平市松との問答を詳しく伝えた。

四郎兵衛はしばし沈思していた。

「そうでしたか、桑平様のご新造《しんぞ》様が病とは知っておりましたが、さようにたいへんな病とは存じませんでした」

四郎兵衛は、幹次郎が親しく交わる南町奉行所定町廻り同心桑平市松について身許《みもと》調べをした様子があった。むろん幹次郎はそのことを察した上で、こたびのことも桑平に相談したのだ。

「神守様、桑平同心のご新造様の出を承知ですかね」

「いえ、それは」

「八丁堀では、同心の倅は同心に、与力の倅は与力の娘と、北町は北町の中で跡継ぎや婚姻が決まります。触れがあってのことではございませんが、仕来《しき》たりというやつです。ですが、桑平様の嫁女は、川向こうの小作人の娘でしてね、桑平様の屋敷に奉公していた女衆《おんなし》の娘です。そんなわけで、桑平様と嫁女のお雪《ゆき》さんは、出会われましてね、お雪さんが十八歳のときに嫁に迎えなさった。まあ、八丁堀では、珍しゅうございますな」

と言った。

幹次郎は、桑平が静かな川向こうと言ったのはそんな事情かと得心した。

「神守様、この話、うまくいった折りには、必ずやお雪さんの静養する家を私が見つけて差し上げます」

四郎兵衛が幹次郎の先走りを受け容れてくれた。

「有難うございます」

と頭を下げた幹次郎は、村崎季光の無役への左遷について、大門の中で村崎に泣きつかれた話をした。

四郎兵衛が声もなく笑った。

「おかしゅうございますか」

「あなた様は、まあようもあれこれと頼まれごとをされると思うてな」

「それがし、甘くみられておるのでございましょうか」

「いえ、信頼されておるのです。ご当人はなかなか狡猾《こうかつ》にございますがな」

「えっ、狡猾でござるか」

「考えてもごらんなされ。桑平同心とは信頼で結ばれ、村崎同心は弱みを握って、こちらの頼みごとが断わられないように布石を打たれた」

「さような考えはないのですがな」

と首を捻《ひね》りながら答えた幹次郎は、

「村崎どのは、もはや内命が下ったと悄然《しょうぜん》としておりましたがな」

「いささか手こずっておりますよ。ですが、村崎同心の代わりに面番所隠密廻りを内命された御仁《ごじん》の弱みを見つけました。まあ、二、三日内に村崎同心留任へと持ち込めましょう」

四郎兵衛が言い切った。

「ほう、新しい同心に弱みがございましたか」

「例の新参者の同心、法源寺様の従弟《いとこ》ですがな。いささか博奕《ばくち》好きが高じて、いくつかの賭場《とば》にだいぶ借財がございます。この辺りをなんとのう、公《おおやけ》にしてみます」

四郎兵衛が言った。

「汀女先生に祝言のお膳のことで、あれこれと頼みごとをしております。神守様に迷惑をかけておりますな」

「いえ、姉様がいなくても、うちには麻もおあきもおります。なんの不便もしておりません」

「それなれば宜《よろ》しいのですがな」

四郎兵衛が言い、話は終わった。

そのとき、夜見世の始まりを告げる清掻《すががき》の調べが流れてきた。

幹次郎は、大門の前からゆっくりと水道尻《すいどじり》に向かい、歩いていた。

深編笠《ふかあみがさ》に白地の単衣の着流しで、刀は伊勢亀半右衛門の形見の一剣、五畿《ごき》内摂《ないせつ》津《っ》田近江守助直を一本差しにしていた。

遊びに慣れた旗本の形《なり》と思えないこともない。だが、五間（約九メートル）ほど離れて連れがいた。

女裏同心見習い嶋村澄乃が幹次郎とは関わりがない体《てい》で従っていた。こちらは女ゆえ、着流しの縞木綿《もめん》に吉原会所の半纏を羽織っていた。

盆が過ぎて吉原は、八朔まで催《もよお》しごとがない。ゆえにどことなくのんびりとしていた。

幹次郎は、ふと思い立って京町《きょうまち》一丁目の大籬三浦屋に歩み寄った。すると夜見世に大行灯《おおあんどん》が点《とも》り、ずらりと振袖新造《ふりそでしんぞう》、禿などが並んで桜季《さくらぎ》の姿もあった。その顔は白粉《おしろい》の下に感情までを塗り込め隠しているようだった。だが、どこか諦めとも居直りともつかぬ複雑な思いが白粉の下から漂ってきた。

桜季が三浦屋の一人前の遊女になるにはしばらく時を要しようと、幹次郎は思った。

「お客人」

とひとりの若い遊女が煙管を持って格子に歩み寄ろうとした。

すると、道中に出るために通りかかったか、

「およしなんし、揚巻《あげまき》さん」

と姿を見せた高尾太夫が止めた。

「太夫、なんぞありんすか」

と問い返す揚巻には答えず、高尾太夫が、

「鎌倉の旅はいかがでありんした」

深編笠の幹次郎に訊いた。

「ふっふっふ、高尾太夫の目を誤魔化《ごまか》すには、いささか年季が足りませぬか」

「神守様、そなたを見分けねば、この廓から生きて出ていけません。わちきは、神守幹次郎様の動静をよう承知するように努めております」

「畏《おそ》れ入ります」

と応えた幹次郎は、格子窓を離れながら桜季の顔を見ていた。

一瞬白塗りの顔に微妙な感情が走ったのを、幹次郎は心に留めて見廻りに戻った。

第二章　迷いは続く

一

（未だ桜季は吉原で暮らすことを胸の中で拒《こば》んでいるのか）

吉原の遊女だった姉の小紫《こむらさき》と同じ道、吉原を足抜《あしぬき》して吉原会所に追われて死の結末を迎えるような悲劇だけは避けたい、と幹次郎は思った。

どのような荒れ野にも季節が巡ってくれば花は咲く。

遊女三千と称される女たちが、鉄漿溝に閉じ込められた二万七百余坪の廓内で、自分らしいささやかな幸せを求め、生き方を模索《もさく》しながら暮らしているのだ。

桜季はその道をどうしても得心できないでいるようだ、と幹次郎は推測した。

「神守様、桜季さんは未だ吉原での暮らしを得心しておられませぬか」

と水道尻で幹次郎に追いついた澄乃が幹次郎の考えを読んだように言った。

「あるいはそれがしへの恨《うら》みがあるのかもしれぬ」

「なぜ神守様が恨まれるのですか」

「それがしは桜季の姉を鎌倉で始末した」

「足抜した者の宿命です。それも火事の最中、吉原の住人の女衆に自分の打掛をかけて殺し、さも自分が焼け死んだように偽装した上、偶々《たまたま》殺しの場を目撃していた浪人者とふたりで吉原を足抜したのです。ただ足抜したのではない。罪咎《つみとが》もない湯屋で働く女衆を殺してのことです、悪質です」

澄乃が言い切った。

「それがしと番方は務めを果たしただけだ。とはいえ、妹の桜季はその事実を理《り》不尽《ふじん》と思うておるのであろう」

桜季は、幹次郎が鎌倉に行く前に、姉の小紫が死んだ経緯を、それも真実とはほど遠い話を同郷の丈吉《じようきち》に聞かされていた。桜季はその言葉を信じて三浦屋内で反抗的な態度を取り続けた。

そのことを知らされた三浦屋では桜季に、心得違いを懇々《こんこん》と説諭《せつゆ》し、ときに折《せっ》檻《かん》紛《まが》いの行為もしたはずだ。だが、桜季は、叱られ、折檻を受けるたびに、

「怒り」を胸のうちに募《つの》らせていると思えた。

「桜季さんの若さと美貌《びぼう》ならば、吉原で頂《いただき》を極めることも難しい話ではありますまい」

澄乃が言った。

ふたりは話ができる程度に離れて開運稲荷《かいうんいなり》のほうへゆっくりと向かっていた。

「三浦屋では桜季に薄墨太夫や高尾太夫のように、吉原の遊女三千の頂に立つ女にと期待していたのだがな、今のままでは自滅《じめつ》への道を歩いているような気がする」

と幹次郎が後ろから来る澄乃に言った。

「はい」

と賛意の返事が直ぐに戻ってきた。だが、それ以上の言葉はなかった。

長屋造りの局見世《つぼねみせ》(切見世《きりみせ》)が続く西河岸《にしがし》(浄念河岸《じょうねんがし》)にいつしか入っていた。狭い路地に雑多な臭《にお》いが入り混じって漂っていた。吉原で「河岸」と呼ばれる最下級のふきだまりの見世特有の異臭だった。

「親の気持ちを子は知らずか」

と思わず幹次郎は呟いていた。

むろん、幹次郎が「親」と表したのは三浦屋四郎左衛門と和絵《かずえ》夫婦のことだ。大籬の三浦屋は、老舗とあって主の意を汲んだ番頭《ばんとう》や遣手《やりて》たちが揃い、抱え女郎が妙な気持ちを起こさないように見守っていた。

「三浦屋は折檻の少ない楼」

として知られていた。もし他の楼で桜季のような態度を取っていたとしたら、おそらく手ひどい折檻を受けて、格下の妓楼に売り飛ばされていたろう。三浦屋では、未だ桜季を薄墨の跡継ぎの候補のひとりとして育てる心積もりだった。

局見世の一軒から、

「裏同心の旦那、独り言を言うような歳になりりんしたか」

としわがれ声がかかった。

「ふっふっふふ、独り言が聞こえたか」

「聞こえました」

「まだ暑さが続く、体を労《いたわ》りなされ」

「あいよ」

と答えた局見世女郎が、

「太夫と先生連れの鎌倉行きはどうでござんした」

「なに、そんな話を承知か」

「吉原の頂を極めた薄墨太夫を落籍《ひか》したのが裏同心の旦那だ、廓じゅうの噂になりますよ」

「間違えんでくれぬか。落籍したのは伊勢亀半右衛門様だ、それがしではない」

「死んだ伊勢亀の隠居の遺言《ゆいごん》だってね。だが、薄墨太夫を引き取ったのは神守幹次郎の旦那と汀女先生だ」

「加門麻どのの身許引受人ゆえ、落ち着き先が決まるまでわが住まいにおられるのだ」

「そう聞いておきましょうかね」

と言った局見世の女郎が、

「神守の旦那、妬《ねた》みじゃないよ。吉原の女郎が幸せになるのは万にひとつもあるかなしかだ。そんな夢を太夫は果たされた、わたしゃ、嬉《うれ》しいんだよ。吉原にも夢はあると思うとね」

幹次郎は名も知らぬ局見世の女郎の言葉にどう答えていいか分からず、

「吉原の夢か」

と呟いて先に進んだ。揚屋町《あげやちょう》の木戸口に来たとき、澄乃が追いついてきて、

「桜季さんに聞かせたい言葉でした。吉原では世間以上にだれもが必死に生きております。桜季さんは」

と言いかけて口を噤《つぐ》んだ。

「澄乃、桜季は四郎左衛門様方の期待に応えられそうにないか」

「吉原に入り立ての私に分かるわけもございません。ですが、吉原の松の位に達するには、桜季さんには大事ななにかが欠けている気がします」

澄乃の言う大事ななにかは、幹次郎も承知していた。どのような世界でも成し遂げるに必要な基《もとい》は、

「人柄」

だった。澄乃は、その人品《じんぴん》に欠けていると言っているのだ。

「桜季はまだ若い。人柄を変える手立てはないか」

「神守様、本日は質問攻めにございますか」

「女の気持ちは女にしか分からぬと思ったでな」

「神守様の家には、汀女先生と麻様がおられます」

「桜季の歳に近いのはそなただ。ゆえに尋ねた」

幹次郎の言葉に澄乃が沈黙した。長い無言のあと、

「思いつきです」

とぽつんと言った。

「言うてみよ」

「桜季さんの生き方を変えるお方がいるとしたら、加門麻様おひとりかと思います。ですが、ただ今の桜季さんは麻様の言葉にすら素直に耳を傾けられますまい」

幹次郎は澄乃の言葉を理解したが、

「無理だな」

と思った。

「西河岸の初音《はつね》さんは未だ夢をお持ちです」

「最前話した局見世の女郎は初音というのか」

「はい」

と答えた澄乃が、

「江戸町二丁目の萬亀楼で稼ぎ頭《がしら》であったこともあるそうです。初音さんは胸

の病のせいで段々と身を落とすことになったそうです」

「そなた、だれから聞いた」

「ご当人から聞きました」

幹次郎は澄乃を改めて見た。

「そなたを三浦屋から引き揚げさせるのではなかったな。桜季よりそなたのほうが出世しそうだ」

「神守様、私には花魁は無理でございます」

「だれかから言われたか」

「初音さんが申されました。私が一時《いっとき》、三浦屋にいたことを話したときです」

「そなたを本気で三浦屋に売ったのではないわ」

「はい」

「初音はそなたが遊女になるにはなにが足りぬと言うたな」

「これまでの生き方を捨てる覚悟がないと言われました。その通りです。私は吉原の女裏同心として生きる道を選んだのです」

「じゃが、大半の女郎衆は己で選んで吉原に身を投じたわけではない」

「だれしも好き勝手な道を歩めるわけではございますまい。吉原の女郎衆が格別ではございません。そのあと、好きでもない廓で己の気持ちとどう折り合いをつけるか、初音さんはそのことを言われたのだと思います」

幹次郎は、初音が江戸町二丁目の萬亀楼の女郎を長いことしていたことを頭に刻み込んだ。

「初音の好きなものは酒か煙草か」

「煙草と甘味です」

「最前の言葉を撤回しよう」

「私が花魁に向いていないという話ですか」

「いや、というより、吉原会所の女裏同心はなかなかの凄腕ということに気づかされたのだ」

幹次郎が言い、澄乃が微笑《ほほえ》んだ。

ふたりが仲之町に戻ったとき、秋の宵《よい》が訪れ、それなりの数の客や素見《ひやかし》がいた。

そして待合《まちあい》ノ辻《つじ》に戻ったとき、幹次郎は名を呼ばれた。振り返ると植木職人の高《たか》田《だ》の長《ちょう》右衛《え》門《もん》だ。

「おや、親方、手入れかな」

「へえ、菖蒲《あやめ》と桜の季節がわっしらの出番にございますがな、ときに廓内の手入れを致します」

吉原の仲之町の真ん中に年に一度ずつ桜と菖蒲が植《う》えられ、時節が終わると抜かれる。その費えが都合六十両だ。植えっぱなしにしないのも、吉原の心意気だった。

「残暑の折りにご苦労じゃな」

「それは神守様も同じこと」

「隠居どのは元気か」

「鎌倉から戻ってからも旅の話ばかりしていますぜ。よほど神守様方と会ったのが嬉しかったのでございましょう」

「倅どのとの親孝行の旅だ。嬉しいに決まっておろう」

と答えると、当代の長右衛門が、

「神守様、うちは廓内の植木ばかりではのうて、見返り柳までの並木の手入れをしております。ちょいとご覧になってくれませんかえ」

と幹次郎に願った。

「仕事の邪魔になりはせぬか」

「もう夜見世の刻限です。わっしらの仕事はとっくに終わってます」

高田の長右衛門が言った。

「神守様、私は会所に戻っております」

澄乃が気を利かせて、そう幹次郎に断わると会所に入っていった。

「あの女衆が神守様を慕《した》って会所入りした女裏同心ですかえ」

「嶋村澄乃だ。宜しく頼む」

「神守の旦那は妙なお人ですね、女にも男にも慕われる」

「女房持ちと知られているゆえ安心なのかのう。慕われてももてやせん」

「そう聞いておきますか」

高田の長右衛門が言い、

「鎌倉から戻った直後、とある武家屋敷に仕事に入りましてね、妙な話を小耳に挟みました。いえね、告げ口はわっしの道楽じゃねえが、神守様に絡んだ話ですからね、申し上げないわけにはいきませんや」

「ほう、それがしにな、まさか女絡みの話ではあるまい」

幹次郎の冗談とも問いともつかぬ言葉に高田の長右衛門が頭《かぶり》を振った。

「出入りのお屋敷ゆえ名は申し上げられません。わっしが松の手入れをしていると、風に乗って話し声が聞こえてきました」

「吉原になんぞ秘密があるのか」

「用人《ようにん》様は詳しくは教えてくれなかった。じゃが、ともかく吉原会所裏同心の神守幹次郎の息の音《ね》をなんとしても止めよというのが用人様の命《めい》じゃ」

話を聞いたひとりが驚いたか、ごくり、と喉《のど》を鳴らす音がした。

ふたりはこの屋敷の若い家来と思えた。

「神守は廓近くの寺町《てらまち》に小体な家を構えておるそうだ。神守の弱みは、同居人が女ばかりだということだ。まずその女らを捕まえて神守に脅《おど》しをかけるのも手のひとつと申された」

「磯野《いその》、われら、さような無法《むほう》には慣れておらぬ。またこのことが露見《ろけん》してみよ、当家存続に関わる大事になろう。女をどうこうするなど御免蒙りたい」

もうひとりが用人の命に抗《あらが》った。

しばしふたりの間に沈黙があったあと、磯野某《なにがし》が、ならばこうせぬか、と切り出した。

「吉原会所の裏同心神守幹次郎は、なかなかの腕前だそうだ。二、三日に一度は、下谷《したや》山崎町《やまざきちょう》の香取《かとり》神道流《しんとうりゅう》津島《つしま》傳兵衛《でんべえ》道場に朝稽古に行く。まずはそやつの腕を見てな、われらの腕では敵《かな》わぬとみたら、その者を倒せる腕の剣客《けんかく》を探すか。用人様は金には糸目はつけぬと、言うておられた」

「おぬし、手付けをもらったのか」

「包金《つつみきん》ひとつ」

包金は二十五両のことだ。

「驚いたな、本気の話か。まさかやくざ者のような御用を仰《おお》せつかるとはな」

「まあ、かたちだけでも命を承ったと思わせる行動はせぬとな、そこが佐々木《ささき》、宮仕えのつらいところだ」

と言い合った磯野某と佐々木某のふたりは、まさか頭上に松の手入れをしている職人がいるなどとは気がつかず、姿を消したという。

「神守様、そのお屋敷は代々の出入りではありません。ですが、名だけは勘弁してくだせえ。親父と相談しましてね、話だけは神守様のお耳に入れておくことに致しました」

と長右衛門が言った。

「助かった。身辺に気をつけよう」

礼を述べた幹次郎にぺこりと頭を下げた高田の長右衛門が五十間道を帰っていった。どうやらこのことを教えるために長右衛門は仕事が終わったあとも幹次郎を待っていたらしい。

幹次郎はしばらく長右衛門の背を見送りながら思案した。そして、会所へと戻っていった。

会所に戻ると番方の仙右衛門が、

「植木の棟梁は裏同心どのと格別に親しい仲でしたか」

と尋ねた。

長右衛門と会ったことを澄乃から聞いたのだろう。

「長右衛門どのはな、隠居した先代を伴い、鎌倉に遊びに来ていたのだ。同じ旅籠《はたご》の湯で会って挨拶を交わした」

「まさか加門麻様と長右衛門親子が対面したということはありませんやね」

「それが旅籠の入り口でばったりと」

「会ったんですかえ」

「当代は直ぐに気づかれたが、隠居は直ぐには麻の身許に気づかれなくてな、正体を知ったあと、隠居は冥途《めいど》の土産《みやげ》話ができたと喜んでおられた」

「それだけで長右衛門が旦那を五十間道に誘い出しましたか」

仙右衛門の追及は厳しかった。

「ある得意先でそれがしの名が出たそうな。それを長右衛門どのは告げてくれたのだ」

幹次郎は、吉原に秘密があるという部分を省いて高田の長右衛門から聞いた話を告げた。

「武家屋敷の用人が吉原の裏同心に関心を持ったか。見当はつきますかえ」

「いや、差し当たって見当もつかぬ。この話、七代目に伝えておいてくれぬか」

「神守様はどうしますね」

「家に戻り、麻に用心するように伝えておく。昼間は離れ家の普請で染五郎棟梁らが入っているで、愚かな真似はすまい。この刻限から姉様やそれがしが戻るまでがいちばん危ない。一応麻とおあきに注意しておく」

「よし、七代目と話してな、大工たちが引き揚げたあと当分うちの若い衆に柘榴の家を見張らせておきましょう。話の様子じゃ、その者たちは乗り気ではなさそうですから、まさか不法な所業はしないと思いますがな」

「それがしが狙《ねら》われておるのだ。会所の手を借りるわけにはいくまい」

「いや、これは会所絡みの話です。わっしたちが動くのは当然だ」

仙右衛門が言い切り、幹次郎は頷くと、

「ひと足先に家を見てこよう」

と会所を出た。

幹次郎は急ぎ足で柘榴の家を目指しながら、鎌倉の一件絡みかと推測した。だが、これまで武家方絡みで揉《も》めごとを鎮《しず》めた騒ぎはいくつもあった。それだけに御免状の『吉原五箇条遺文』の一件とは決め切れなかった。仙右衛門の口を通して話を聞いた四郎兵衛がどう判断を下すか。

ともあれ、明日の玉藻と正三郎の祝言を無事に終わらせることが先決だと、幹次郎は思った。

寺町に入ったとき、柘榴の家の前にひとつの人影があった。

幹次郎は津田助直の鯉口《こいぐち》を切りながら急ぎ足で人影に近づいた。

人影は巻《まき》羽織に着流しの桑平市松だった。

「桑平どのであったか」

幹次郎が尋ねた。

「わが家は平穏かな」

「最前女ふたりの話し声と笑い声を聞いたで、なにもなかろう。なんぞあったか」

「ちと妙な話を聞いた。この家に会所の若い衆が駆けつけてこよう。それを見定めたら、どこぞで話を聞いてもらおう」

「わしにも話がある」

と桑平市松が言い返した。

幹次郎は、事が動き出したかと思った。

二

幹次郎は桑平市松と本日の夕刻、浅草寺の茶店で会う約定を忘れていたことを思い出した。

(しまった、なんとしたことを)

己の迂闊《うかつ》さを恥じ、桑平に詫びた。

ふたりが、柘榴の家が見える道向こうの暗がりでしばし待っていると、金次らふたりが駆けつけてくる姿が遠目に見えた。そこで幹次郎は聖天横町の湯屋近くに安直《あんちょく》な煮売り酒場があったことを思い出し、桑平を誘った。

初めて入る酒場だが、この界隈の住人や寺男たちが主な客だと湯屋の帰りに見て承知していた。

五つ（午後八時）前の刻限だ。客は八分通り埋《う》まっていた。

幹次郎と桑平市松のふたり組を見た壮年《そうねん》の主が、ぎょっ、とした顔を見せた。

「すまぬ、どこぞに席を願えぬか」

との幹次郎の言葉に、

「吉原会所の旦那と定町廻りの旦那のふたり連れとは驚きました」

とこちらの正体を承知か言い当て、他の客とは離れた小上がりの隅《すみ》に案内した。

「親父、適当に酒と肴《さかな》を見繕《みつくろ》ってくれぬか」

親父が頷いた。

刀を腰から外したふたりが差し向かいで座った。

「そちらでも進展があったかな」

と桑平が言い、幹次郎が頷いた。

「あとで話を聞いてもらう」

幹次郎の言葉に桑平が口を開いた。

めしも食える煮売り酒場の客の中で、ふたりの席だけに異質な気配が流れていた。

最初のうちは客もふたりの存在を気にしたが、およその客が幹次郎や桑平を承知のようで、酒を楽しむ雰囲気に戻っていった。

「萬亀楼の勘当された嫡男増太郎の殺され方だが、わしが話に聞いた以上にひどい拷問を受けていた。奴には何か所かの賭場にかなりの借財があった。そんな中でもあやつ、川向こうの南本所番場町《みなみほんじょばんばちょう》の賭場、あの界隈を縄張りにする十手持《じってもち》ちを表看板にやくざ紛いの二足の草鞋《わらじ》を履く、本所の源助《げんすけ》が倅にやらせていた賭場に三十何両かの借財があった」

「なんとのう」

「増太郎は本所の源助の倅、暗《くら》がりの規一郎《きいちろう》におそらく殺《や》られたのではないかと、わしの朋輩は言っておったがな、親父の源助が、北町から鑑札《きって》をもらっているゆえに、まあ探索も適当に茶を濁したのだ。それに増太郎が殺されたところで、だれも泣く奴はおるまいという判断もあってな、下手人の探索は途中で止まった」

「探索したところで、北町の旦那とぶつかるだけというわけですかな」

「まあ、それはどうかな」

と桑平が北町の同輩を庇《かば》う言葉を発したところに酒と肴が運ばれてきた。肴はいわしの塩焼きに青菜《あおな》の白和えだった。

「旦那方、うちはこんなものしかない」

「結構だ」

と応じた幹次郎が、

「それがしのことは、この界隈の湯屋辺りから聞かされたか」

「いえ、格別にだれってことはありませんよ。寺町の家が住まいだ、それに旦那をよく知る常連客がひとりだけいましてね」

「ほう、だれかな。差し支えなければ教えてくれぬか」

「嘘か真《まこと》か、昔同じ長屋に育ったという甚吉《じんきち》さんですよ」

「なんと足田《あしだ》甚吉がこちらの馴染か」

「へえ、時折り」

「ちゃんと飲み代《しろ》は払っておろうな」

「だいぶツケがございます」

と親父が苦笑いした。

「あとで甚吉の分も支払う」

と幹次郎が言った。

「やっぱり知り合いでしたか」

「西国《さいごく》のさる藩の同じお長屋で育った間柄だ」

と答えた幹次郎が銚子《ちょうし》を取り、桑平の猪口《ちょこ》に注いだ。

その動作で主が退《さ》がった。

「裏同心どの、そなたがただの腕利きゆえ吉原会所の後見方《こうけん》になったのではないことがよく分かった」

と桑平が言い、ふたりは冷酒を呑み合った。そして、話を戻した。

「増太郎が源助の賭場で、三、四十両くらいの借財は帳消しにできるネタがあると源助の倅、暗がりの規一郎に繰り返し言い訳していたことは、賭場の何人かが耳に挟んでいた」

「その言葉を真に受けたかどうか、暗がりの規一郎の手下が増太郎を責め殺したのかな」

「まあ、そんなところだろう」

「親父の本所の源助は、北町から鑑札を受けていたのでしたな」

「北町だから南町だからと十手持ちに遠慮することはないが、そこが人の情でな、どうしても調べが甘くなる。本所の源助は、増太郎が苦し紛れに喋《しゃべ》ったことを旦那の、北町奉行所定町廻り同心二木光次郎《にきこうじろう》に話して確かめておる。二木とわしは知らぬ間柄ではない。これまで互いに探索上の貸し借りもある。二木に訊いたところ、二木は北町の例繰方《れいくりかた》に増太郎のネタの真偽を確かめたようだ。するとこの話をこれ以上突《つつ》くのはやめておけと上から即座に命じられたそうな」

例繰方とは、罪人の罪咎の情状、白洲《しらす》での沙汰をこれまでの判例にならって書付《かきつけ》を作成し、奉行に提出したり、事件の経緯をすべて書き留め、整理する掛《かかり》だ。ゆえに奉行所でも老練な同心の役目で、例繰方は奉行所一の、

「物知り」

だ。

「二木光次郎に、この一件、北町の内部のだれかと関わりのある殺しだろうかと念を押してみた。だが、二木の勘では、奉行所内にさような者がいるとは思えぬと答えおった。二木はいい加減なことを言う役人でないゆえ、まず判断に間違いなかろう」

「相分かり申した」

と答えた幹次郎は、

「桑平どの、南町にさような者がおることが考えられるかな」

「北町から鑑札をもらっておる本所の源助が南につながりを持っておるとは、わしは知らぬ。念のために調べてみたが、川向こうの増太郎殺しに関心を寄せる同輩や上役《うわやく》は、おらぬのだ」

「失礼千万なことをお尋ね申しました」

「で、裏同心の旦那のほうには、進展があったか」

幹次郎は小さく頷くと高田の長右衛門から聞いた話をした。

「ほう、高田の長右衛門が出入りするような武家方な。そやつらがそなたの命を狙っておるか」

「最前、桑平どのがうちの前に立っているのを見て肝《きも》を冷やしました」

「そなたの留守に女房どのや同居人の加門麻に悪さを仕掛けることを用人が家来に命じたか」

「じゃが、ふたりのうちひとりは、道理を心得ておるとみえて、さようなことをするとお家断絶になると、抗ったようです」

「少しは救いのある話だな」

「だが、それがしはその者らの主に雇われたと思える不逞《ふてい》の輩の三人組に襲われております」

しばし沈黙した桑平が、

「そやつら、すでに三途《さんず》の川を渡ったか」

と呟いた。

幹次郎はなにも答えない。

「わしが暗がりの規一郎を締め上げてみようか」

桑平が言った。

「いや、南町の定町廻り同心どのが北町から鑑札をもらっている十手持ちの倅を締め上げたとあっては、北町との関係がこじれよう。このあとは、陰のそれがしの出番かと思う」

「大した役に立たなかったな」

桑平がどこか悄然とした表情を見せた。

「桑平どの、そなたのご新造どのの一件、四郎兵衛様に通してござる。少し日数を頂戴したいが、桑平どのの得心のいくようにすると申しておられた。また、川向こうにご新造が移られたら、御典医《ごてんい》桂川《かつらがわ》甫周《ほしゅう》先生の診察を受ける手筈を整えるとも言われた」

ぱあっ、と表情が明るくなった桑平が険しい顔つきに戻り、

「わしは吉原会所に身を売ったことになるのか」

と自問するように言った。

「桑平どの、そなたと付き合いがあるのはそれがしである。さような考えは四郎兵衛様にもそれがしにもない。これまで通り、廓の外で騒ぎが起こった折りはそなたの知恵を借りる、それだけと思われよ」

「神守幹次郎と知り合って得をしているのはわしのほうだ」

「助けたり助けられたりの付き合いは不変でござる」

桑平市松が頷き、

「柘榴の家の見張りじゃがな、会所とは別にこの界隈を縄張りにする花川戸《はなかわど》の吉《きち》兵衛《べえ》にさせよう。わしが帰りに命じておく」

「それは心強い」

ふたりは二合の酒を呑み合って桑平が先に煮売り酒場を出た。

「親父、甚吉のツケはいくらかな」

「二朱《しゅ》と二十文《もん》なんですがね」

幹次郎は一分を渡して、

「これで足りるか」

「もう十分で」

との声を聞いて煮売り酒場を出た。

幹次郎は、柘榴の家に戻るより並木町の山口巴屋の様子を見ておこうと、寺町を抜け、浅草寺境内から雷《かみなり》御門を潜って広小路《ひろこうじ》を渡った。

刻限は、四つ（午後十時）過ぎか。

料理茶屋山口巴屋の女主は、今や実質的に汀女が務めていた。まして、明日は、山口巴屋の真の主の玉藻と料理人正三郎の祝言の日だ。汀女が忙しいのは分かっていた。

ちょうど今晩最後の客を汀女が送り出したところに幹次郎が姿を見せた。

「おや、幹どの、珍しいですね」

「どうだ、明日の仕度は成ったかな」

「いえ、料理人たちは夜半まで仕度が続きます。花婿の正三郎さんも今宵はこちらに泊まって重吉《じゆうきち》親方の手伝いをしております」

「なに、花婿自ら接待料理を作っておるか」

幹次郎の声を聞きつけた足田甚吉が、

「幹やん、久しぶりじゃな。うむ、酒を呑んでおるな。姉様が必死で働いているというのに、呑気《のんき》に酒か」

「野暮用をなすための酒じゃ」

「男がな、酒を呑むときは大体そのような言い訳をしおるものだ。姉様、気をつけよ」

と甚吉が言った。

帰り仕度をしているところを見ると、甚吉の仕事は終わったのか。

「甚吉、わが家近くで酒を呑むのはよい。じゃが、ツケを溜めておくのはよくないぞ」

「な、なに、幹やんは、聖天横町の煮売り酒場で呑んだのか。そりゃ、相手は女ではないな」

「南町の同心どのとの話の場に四半刻《しはんとき》（三十分）ほど借りた、その程度の酒だ。ついでにそなたのツケも支払っておいた」

「おお、しめた。ツケがあるでな、なかなか顔を出せないでいた」

「立ち寄るのはよいが、あまりそれがしの話や料理茶屋の内情など酔いに任せて喋るでない、分かったか」

「わ、分かった」

と甚吉が早々にふたりから離れていった。

「姉様、甚吉はこちらに面倒をかけておらぬか」

「まあ、給金程度の働きはしていますよ」

「ならばよいが」

汀女が幹次郎の顔を見て、

「なにがございました」

「相変わらずの話だ。それがしの身を気にしている御仁がおるようでな、姉様や麻を人質になどとよからぬ考えを企《くわだ》てておるのだ」

「ならば、早々に柘榴の家にお戻りください。麻が心配です」

「会所の若い衆と桑平どのの昵懇《じっこん》の御用聞きのふた組が柘榴の家を見張っておる」

「それほど切迫した話ですか」

「いや、なんとも言えぬ。この一件に絡んで川向こうで人ひとりが殺されておる。ゆえに油断は禁物でな」

しばし沈黙した汀女が、

「幹どのは私を迎えに参られましたか」

「まあ、そんなところだ。明日が祝言というのに、なんとも不粋《ぶすい》な話じゃ」

「直ぐには戻れませぬ」

「よい、手伝うことがあれば手伝うぞ」

「幹どの、湯が沸いております。湯に入ってしばらくお待ちくだされ」

汀女が幹次郎を表口から料理茶屋の台所に連れていった。

「ご一統《いっとう》、ご苦労でございますな。まさか花婿自らが明日の料理の仕度とは考えもしませんでしたぞ」

幹次郎は正三郎に言った。

「こたびの一件で親方や朋輩《ほうばい》に迷惑をかけております。手伝いくらいしないと申し訳が立ちません」

と正三郎が言った。

「神守様、明日の料理の仕度はおよそ峠《とうげ》を越えました。あとは片づけをするだけです。汀女様とお先にお戻りになりませんか」

と重吉が幹次郎を気にした。

「正三郎さんは、本日こちらにお泊まりじゃな」

幹次郎は、正三郎が夜道で襲われる懸念を考え、問うた。

「はて、私はこちらに泊まります。そのほうが明日の手間も省けます」

「それはよかった」

「幹どの、親方たちがあとで湯に入られます。幹どのが先に入らせてもらいなされ」

と汀女が湯を勧め、

「言葉に甘えて頂戴しよう」

と汀女に案内されて料理茶屋山口巴屋の湯に初めて入ることになった。

湯でさっぱりとした幹次郎と汀女が柘榴の家への帰路に就いたのは夜四つ半(午後十一時)過ぎのことだ。

いつものように浅草寺境内を抜けて随身門から浅草寺寺中の寺が両側に並ぶ寺町へと足を向けた。

湯上がりに夜風が気持ちよかった。

汀女が幹次郎の肩に頭を乗せてきた。

「お疲れか」

「いえ、幹どのの肌身が恋しくてかような真似を」

「正三郎さんと玉藻様に火をつけられたか」

「こちらは古女房です。さようなことは」

「ないか」

と答えた幹次郎は寺と寺の間から人影が四つ姿を見せたのを認めた。頭巾《ずきん》を被《かぶ》った屋敷奉公の侍と、剣術家くずれの輩三人だ。

常夜灯《じょうやとう》の灯りで互いが見合った。

頭巾の侍が、

「なんと神守幹次郎か」

と思わず漏らした。

若い声だった。

幹次郎は咄嗟《とっさ》に高田の長右衛門が告げた屋敷奉公の家来のひとりかと推察した。

「いかにも神守じゃがなんぞ用事か」

無言の三人が刀の鯉口を切り、ふたりが抜いた。ひとりは居合《いあい》を遣うのか。

「姉様、夫婦水入らずの時を邪魔されたな」

と汀女を後ろに回した。

幹次郎は三人の腕前を確かめた。

真ん中の居合を遣う者が、技量が上だと判断した。また三人が親しい仲間ではないことを、なんとなく余所余所《よそよそ》しい感じに汲み取った。

ならば真ん中の居合の者を倒せばよい、その覚悟をした。

「それがし、加賀《かが》に伝わる眼志流《がんしりゅう》の居合をいささか齧《かじ》った。そなたの流儀は、なにかな」

落ち着き払った幹次郎の声音《こわね》に三人がどう対応すべきか迷っていた。

幹次郎が間合を詰めた。

「頭巾のお方、用人どのはすでに増太郎なる無頼者《ぶらいもの》の命を奪っておる。そなたはこのことを承知か」

幹次郎は頭巾の侍に言葉を投げた。

「さようなことは関わりなきこと」

「ならば、用人どのに真岡の円蔵なる者のことを訊いてみよ」

「何者だ、そやつ」

「そなたらと同じく用人どのにそれがしの命を奪えと金子で頼まれた渡世人だ。用人どのに伝えよ、真岡の円蔵とふたりの殺し屋剣客は、それがしが始末したとな」

「知らぬ、さようなことは知らぬ」

若い声が狼狽《ろうばい》した。

「そなたら、わずかな金子で人殺しを頼まれたのではないか。修羅場《しゅらば》を潜り抜けた数ではそなたら、それがしに敵わぬ。無益に骸を三つさらすことはあるまい」

幹次郎がさらに半歩踏み込んだ。

すると刀を抜いていたふたりが無言で戦いの場から離脱し、頭巾の侍が、

「引き揚げじゃ」

と居合抜きの剣術家くずれに命じてふたりが寺と寺の間の暗がりに姿を消した。

三

幹次郎は、柘榴の家の門前に達すると、暗がりの中で見張りをしてくれているはずの金次や桑平市松と関わりがある御用聞きの手先たちに向かって一礼し、感謝の気持ちを伝えた。そして、汀女が先に門を潜って飛び石伝いに戸口に向かった。すると黒介が最初に気づいて、家の中で、

みゃうみゃう
と鳴いて主夫婦の帰宅を麻とおあきに教えた。

格子戸を引くと、麻が玄関に迎えに出ていた。

「あら、姉上と幹どのはごいっしょでしたか」

「明日の祝言の仕度の具合を見に参っていたのだ」

幹次郎が答えて腰から外した津田助直を麻に渡した。

麻は武家の出だ。刀の受け取り方も自然で慣れていた。

「いかがでしたか」

「姉様が戻ってきたくらいだ、なんとか仕度は整ったようだ。それでも花婿の正三郎どのが料理人として働いていたのにはいささか驚いた」

「正三郎さんは律儀な職人気質《かたぎ》ゆえ、いくら自分の祝言といえども親方や朋輩衆だけに任せるのは、心苦しいと思われたのでしょう」

麻の答えに、

「そういうことだ」

と応じた幹次郎が、

「こちらは変わりないか」

と訊き、

「ございません」

と答えた麻が、

「ああ、離れ家が段々と家らしくなってきます。毎日見ているのが楽しいです」

と笑みをふたりに向けた。

「明日の祝言が無事に終わったら、私も朝の間だけでも棟梁たちの仕事を楽しみに見物しますよ」

と汀女が話に加わった。

ふだん着に替えた幹次郎と汀女が台所に行くと、蚊遣《かや》りが焚《た》かれて薄く煙が流れていた。浅草田圃には秋になってもまだ蚊がいた。

「おあき、待たせたな」

「いえ、私だけ麻様のお許しを得て先に夕餉《ゆうげ》を食しました」

「そうか、われら三人だけか」

幹次郎が答える足元から黒介が甘えるように鳴いた。

「そうか、そなたも夕餉はまだか」

「旦那様、黒介には最初に餌《えさ》をやっています。旦那様方が帰ってきて餌をやるものですから、近ごろ黒介が太っていますよ」

おあきが注意した。

「なに、太ったか、動きが足りぬのではないか。そなたの庭先で普請が行われているでな。しばらく辛抱致せ」

三つ仕度されていた膳の上に掛けられた布巾を取ると、烏賊《いか》の造りが幹次郎の目に留まった。

「おお、烏賊は好物だ。正直言うとな、この近くの煮売り酒場で酒を呑んだのだ、ゆえに本日はやめておこうと思ったが、やはり酒が欲しいな」

「仕度してございます」

と麻が銚子を持ち上げ、

「この界隈に煮売り酒場がございますか」

と訊いた。

「それがしも初めて入ったざっかけない店であったがな。青菜の白和えは美味かった」

「こんど私どもを連れていってください」

麻が幹次郎に願った。

「あの煮売り酒場にそなたや姉様を連れていくと、店じゅうが大騒ぎになろうな。それがしも御用ゆえ入った店だ」

「御用ならば、うちでなされればよいものを」

と麻が言った。

「麻、幹どのの御用にはうちで話せぬものもあります。それに相手次第でこちらに連れてくるのは無理ですよ」

汀女の注意に麻が幹次郎の裏同心の務めを思い出し、

「幹どのの御用は廓の外にも及ぶのでしたね」

と言った。

「そういうことだ。本日の相手は南町定町廻り同心どのだ。うちでもよかったが、あちらが気にされよう」

三人で酒を酌み交わす遅い夕餉が、柘榴の家ではいちばんのんびりして気が休まる刻限だった。

「明日は玉藻さんと正三郎さんの祝言、おふたりしてどんなお気持ちでしょうね」

麻が汀女にとも幹次郎にともつかず尋ねた。

「玉藻様もさることながら、正三郎さんは嬉しさを抑えたつもりでしょうが、ときに顔に笑みがこぼれてなんとも幸せそうですよ」

と汀女が言った。

「われらは祝言の前夜など経験がないゆえ、正三郎さんの気持ちの察しがつかぬな」

「えっ、旦那様と汀女先生は祝言なしで夫婦《めおと》になられたのですか」

台所の土間で後片づけをしていたおあきが三人に向き直って訊いた。

「われらか、祝言なしじゃな」

「あのう、お侍さんだったのですよね。祝言ができぬほど貧乏だったのですか」

おあきが訝《いぶか》しげな顔で尋ね、麻がその問いに応じた。

「おあきさん、そなたは知らなかったのですか」

「知らないとはなんでございましょう」

「幹どのは、人妻になっておられた、幼馴染の姉上の手を引いて駆け落ちなされたのです」

「えっ、駆け落ちですか」

「武家方では、どのような理由があろうと人妻が駆け落ちすれば、妻仇討《めがたきうち》といって逃げた相手ふたりを討ち果たさねば、面目《めんもく》が立ちません。幹次郎様と姉上は追っ手から逃れる不安な暮らしを十年も続けられたあと、吉原会所に身を寄せられてようやく落ち着かれたのです」

麻がおあきに説《と》き、おあきが両目をまん丸にして、まさかそんな話があるはずもないという表情で幹次郎と汀女を見た。

「真のことだ、おあき。姉様とは同じお長屋で物心ついたときから姉と弟のように暮らしてきた。その姉様の父御が拵えた借財のかたに金貸しをしていた上役の嫁に嫌々行かされたのだ。姉様は聞きたくない話であろうが、かような話になってで伝えておく、遠い昔の話だ」

「はい。遠い、遠い昔の話にございます」

と汀女が言い、

「ゆえに祝言などはしておらぬ」

と幹次郎が応じた。

「私、ご、御免なさい、知らなかったのです」

おあきは狼狽していた。

「そなたが詫びることではない。姉様の手を引いて豊後国竹田《ぶんごのくにたけた》城下を駆け落ちしたとき、われら、どのようなことが起ころうと三日だけでもともに過ごせれば、命を失ってもよいと覚悟を決めてのことであった。まさかかような暮らしが待っておるとは夢にも思わなかった」

幹次郎の言葉はしみじみと響いた。

「それだけに姉上と幹どのの絆は、どちらの夫婦よりも強いものです。で、ございましょう、姉上」

麻が汀女に念押しするように言った。

「はい、どのようなことが起ころうと、幹どのを、この家の者を信頼しております」

と汀女が言い切った。

翌朝、幹次郎は汀女が用意していた紋付《もんつき》羽織袴に正装し、腰に脇差と津田助直を差して五十間道を抜けた。すると、大門口に面番所隠密廻り同心村崎季光の姿を見た。

どうやら風邪は抜けたようだ。

「なんだな、そなた、えらくめかし込んでおるではないか」

「お忘れですか」

「なにを忘れたというのだ」

「本日は、玉藻様と正三郎さんの祝言の日にござる」

「おお、今日であったか」

己の迂闊さに慌てた気配があって、

「わしもこのところ多忙でな。忘れたわけではなかったのだが」

と言い訳した。

「無役の一件、どうなりました」

幹次郎が不意に話柄を変えた。

「それが突然これまで通り吉原の面番所勤めでよい、と御奉行池田長恵《いけだながしげ》様の内与力蒲田三喜三郎《かまたみきさぶろう》様より直々《じきじき》のお達しがあってのう、なんとかわしの体面が保てたわ」

安堵《あんど》した顔の村崎が晴れやかに言った。

「村崎どの、無役左遷から元の鞘《さや》に収まる話の背後に、なにがあったとお思いですかな」

幹次郎が問い質《ただ》し、

「それは日ごろからのわしの誠心誠意の働きぶりを池田奉行がお認めになったからであろう」

と村崎がぬけぬけと答えた。

「それもないとは言えますまい」

「他に曰くがあってのことか」

幹次郎が首肯した。

「なにがあったのだ。承知ならば教えてくれ」

「ふたりだけの話としてくれますか」

「おお、口だけは堅いでな、そなたが話すなと言うなら、たとえ殺されても口外せぬ」

村崎が心にもないことを言った。

ふたりが話す背後を手拭いでふきながしに顔を隠したひとりの女が、すいっ、と吉原会所に入っていった。

だが、村崎は全く気づかなかった。女が大門を出るのは厳しいが、この刻限に入るのは、切手《きって》を持った女ばかりだから警戒していない。

「四郎兵衛様が南町の然るべきところに申し入れなされた結果です」

「も、申し入れたとはなんだ」

思いもかけない言葉だったか、訝しげな顔で幹次郎に質した。

「知れたこと。村崎季光という有為《ゆうい》の人材を無役に落とすなど、南町の損失と強く池田様に訴えられたのです。むろんそれなりの金子が南町のあちこちに動いてのことです」

「なに、七代目がさような気遣いをしてくれたか」

と言った村崎が、

「おい、裏同心どの、さすがに七代目じゃな、見るべきところはちゃんと見ておられる。となると、わしも玉藻さんになにがしか祝い金を包まねばなるまいな」

「およしなされ。四郎兵衛様は、さようなことを望んで働きかけをなさったわけではござらぬ。村崎どのは、これまで通り御用を務めることで、そなたの気持ちを示されることとです」

「それでよいか」

「はい」

と応じた幹次郎が、ただし、と続けた。

「ただし、なんだな」

「村崎どの、四郎兵衛様に村崎どのを引き止める力があるということは、その反対もあり得るということです」

「は、反対とは、な、なんだ。まさか無役に落とすこともあるというか」

「まあ、そのようなことです」

幹次郎が村崎の顔を正視して頷き、くるりと背を向けて吉原会所に歩き出した。

「裏同心どの、わしは重々承知と七代目に伝えてくれぬか」

幹次郎は、片手を上げて村崎に応えた。


四つ（午前十時）、吉原がいちばん長閑な刻限だ。

客たちはすでに吉原をあとにして、遊女たちは二度寝から起き出し、吉原の一日がゆるゆると始まっていた。

仲之町には、花売りや野菜売りや蜆《しじみ》売りが出て、季節の花や青物などを売っていた。

七軒茶屋の一、引手《ひきて》茶屋山口巴屋ではふだん以上に丁寧な掃除が行われ、女衆がばたばたと動き回っていたが、ぴたり、と慌ただしい物音が消えた。すると、吉原会所の戸が開いて、番方の仙右衛門以下若い衆が節季に着る揃いの法被《はっぴ》に身を包んで会所の前に居流れた。また仲之町や五丁町の引手茶屋や妓楼から、主や女将《おかみ》が姿を見せて待合ノ辻に並んだ。

さらに大門前に吉原と関わりが深い鳶《とび》の連中がずらりと整列した。

面番所から村崎同心も姿を見せて、ふだんには見られない上気《じょうき》した顔で立った。

仲人である三浦屋の四郎左衛門と和絵夫婦は、すでに浅草並木町の料理茶屋山口巴屋に先行していた。

招客の五丁町の町名主の夫婦連もまた別行していた。

四郎兵衛がこちらも紋付羽織袴に威儀《いぎ》を正し、まず姿を見せた。

「四郎兵衛さん、本日はお日柄宜しくおめでとうございます」

老舗の雁木楼《がんぎろう》の主の総左衛門《そうざえもん》が挨拶した。

「これは雁木楼の総左衛門様、ご一統様、皆々様がお揃いとは恐縮至極《きょうしゅくしごく》にございます。本来ならば、吉原の裏方の女子がかような賑々《にぎにぎ》しい嫁入りをなすのは、憚《はばか》られることでございましょう。花婿の正三郎も花嫁の玉藻も向後《こうご》とも皆々様の世話になって吉原にて生きていくことになります。本日のご無礼はその日々の中で少しずつお返ししていくことでお許しくだされ」

と願った。

大門前の鳶の面々が渋い声で木遣《きや》り節を歌い始めた。その木遣りに合わせたように白無垢《しろむく》姿の玉藻がひとりの女に手を引かれて、姿を見せた。

「おめでとう、女将さん」

とか、

「玉藻さん、幸せに」

と女衆から声が飛んだ。

次の瞬間、女たちの祝いの言葉が止まった。

白無垢の花嫁の手を引く女は、なんと地味な形の加門麻だった。最前、幹次郎が村崎同心と話している隙《すき》に大門を潜ったふきながしの女が麻だった。

「薄墨太夫じゃねえか」

「いや、落籍したんだ、加門麻様だ」

と言い合う声に四郎兵衛が驚きの顔で花嫁を振り返った。

「麻様、こりゃまた」

四郎兵衛が驚愕《きようがく》の声を発した。

「四郎兵衛様、これまで数々お世話になった玉藻様のめでたい祝いの日に、なんのお手伝いもできませぬ。私の一存で決めました、不躾《ぶしつけ》の段お許しください」

と詫びた。

大門の周囲から、どよめきが起こった。

四郎兵衛が幹次郎を見た。

幹次郎の笑みの顔に、四郎兵衛は得心した。

昨晩、おあきが部屋に下がったあと、

「なにか私も手伝いとうございます、姉上」

と麻が言い出した。

「そなたを祝いの式に呼べば、招客様は喜ばれましょう。されど、未だ伊勢亀半右衛門様の喪《も》も明けてはおりますまい。妙な騒ぎになっても正三郎さんと玉藻様に迷惑をかけます。そうですね、なんぞ知恵はありませぬか、幹どの」

汀女に言われて、幹次郎が頭を絞ったのが花嫁道中の介添《かいぞ》えだ。

これまで薄墨太夫として花魁道中の主役の座を務めたことはあっても、脇役に回ったことなどない加門麻ならではの、

「役目」

だった。

玉藻が一同に一礼した。

「玉藻さん、幸せにな」

ふたたび声が蘇《よみがえ》り、引手茶屋の二階から花吹雪が舞い落ちて、麻に手を引かれた玉藻が大門をゆっくりと出た。

するとふたたびどよめきが起こった。

「神守様」

四郎兵衛が声をかけてきた。

「七代目、余計なお節介《せっかい》にございます」

「そなたというお人は」

四郎兵衛が絶句した。

五十間道の両側にずらりと花嫁を送る人々が並んでいた。

鳶の面々が花嫁と介添えを先導し始めた。

「玉藻様は花魁道中を迎えたことはあっても、これだけ大勢の人々に見送られたことはございますまい。生涯に一度、かような日があってもようございましょう」

「介添えは全盛を誇った薄墨太夫、ただ今の加門麻様、これ以上の晴れがましさはございませんな。死んだ女房に見せてやりとうございました」

上気した体の四郎兵衛が幹次郎に言った。その言葉が震えていることを幹次郎は感じていた。

四

加門麻は、五十間道を見返り柳まで花嫁の介添えを務めた。

本来ならば大門外に用意されていた駕籠《かご》に花嫁が乗り込むはずだった。だが、大門から見返り柳まで両側に花嫁の玉藻を見る見物人で二重三重の人垣ができていて、駕籠に乗り込むどころではなかった。

玉藻も正三郎も幼いときから五十間道で遊んでいたから、住人たちはふたりのことを承知していたが、このふたりが夫婦になる話は、驚きをもって迎えられたこともたしかだ。

御免色里を実質的に監督する吉原会所の頭取の存在は、この界隈では大きかった。その娘の玉藻は、早く亡くなった母親の跡を継ぎ、七軒茶屋と呼ばれる引手茶屋山口巴屋の女主だ。

一方、五十間道裏の実直な建具屋の三男の正三郎は、料理茶屋山口巴屋の料理人だ。つまりは主と奉公人の縁談だった。

「おい、こりゃ、月とスッポンだな」

と当初は身分違いに驚かされたが、

「よく考えればよ、正三郎と玉藻さんはよ、まるで兄と妹みてえに仲がよかったよ。京に料理の修業に行ったのも四郎兵衛様の助けがあってと聞いていらあ。なるようになったんじゃないか」

と得心する者もいた。

そんなわけで五十間道が花嫁の玉藻を見る人々で埋まった。とても大門前から駕籠に乗るどころではない。まして花嫁の手を取る介添えが薄墨太夫こと加門麻だ、驚きにだれもが息を呑んだ。そこで麻が、

「玉藻様、見返り柳まで嫁入り道中をしながら皆様に挨拶なされてはいかがですか」

と助言したこともあって、玉藻は道の両側の人々に挨拶をしながら歩くことにした。そんな趣向があって、二丁の駕籠は嫁入り道中のあとから従うことになった。

「おい、玉藻さんがなんとも初々《ういうい》しゅうございますな」

とか、

「建具屋の正三郎が婿でよかったぜ、玉藻さん、おめでとうございますよ」

とか言い合う声が飛んだ。そして、中には、

「太夫、玉藻さんの介添え宜しく頼みますよ」

と願う者もいた。

なんとも賑々しくも晴れがましい、五十間道嫁入り道中だった。とはいえ、白無垢姿で土手八丁から浅草並木町の料理茶屋山口巴屋まで歩かせるわけにはいかない。

見返り柳で花嫁がようやく駕籠に乗り込んだ。もう一丁の駕籠は四郎兵衛のために用意されていた。

「神守様、こうなったら、わたしは神守様と徒歩《かち》でな、皆さんに挨拶しながら並木町まで行きとうございます」

四郎兵衛が言い出した。

「ふたつ目の駕籠はどうしますな」

「どうでしょう。お役目の済んだ麻様に乗ってもらい、料理茶屋までいっしょに

行ってもらいましょうか。介添えが途中でいなくなるのも、縁起が悪うございましょうでな」

「相分かりました」

幹次郎が麻に四郎兵衛の意を伝え、麻がその意に素直に応じて頷き、駕籠に乗り込んだ。

鳶の衆を先導に花嫁と介添えの麻を乗せた二丁の駕籠が続き、駕籠の傍らには四郎兵衛と神守幹次郎が従っていた。

花嫁道中は土手八丁から今戸橋《いまどばし》に向かい、船宿牡丹屋《ふなやどぼたんや》でも大勢の男衆女衆の祝いの言葉を受けた。その人々に徒歩で従う四郎兵衛が礼を返し、駕籠の中から玉藻も会釈をしながら、祝いの言葉を受けた。

船宿牡丹屋は、吉原会所の御用達《ごようたし》の船宿だ。当然考えられたことだった。

花嫁道中は今戸橋から隅田川沿《ぞ》いの道をゆるゆると吾妻橋まで向かい、広小路へと入った。そして、浅草寺門前の雷御門前で花嫁と加門麻が駕籠を下りて、ふたたび麻に手を取られて花嫁が徒歩で料理茶屋山口巴屋に向かうことになった。

雷御門前で玉藻が浅草寺に向かい、深々と一礼した。

「おお、嫁入りだべ」

「江戸の嫁入りはなかなか賑々しいな」

浅草寺に参拝に来た客が言い合う中、木遣りの声が改まって響き、花嫁道中が最後の一丁（約百九メートル）を進み始めた。するとこの界隈の人々が花嫁へ祝いの言葉を投げかけて迎えた。そんな中のひとりが、

「おい、介添えは吉原の薄墨太夫じゃないか」

と言い出し、

「おお、間違いない。伊勢亀の隠居に落籍された加門麻様だ。ぶっ魂消《たまげ》たな。さすがは吉原会所の四郎兵衛様の娘の嫁入りだ。花魁道中と見紛《みまご》う嫁入り道中だぜ」

などと野次馬《やじうま》が言い合った。

「神守様、なにやら晴れがましい嫁入りになりました」

感極まった四郎兵衛が言いかけ、

「生涯一度のハレの日でございますよ。われらのように祝言どころか姉様の手を引いて諸国を十年も逃げ回った夫婦もあれば、かように大勢の人々に祝福されて夫婦になるお方もある。それぞれ事情があってのこと、ゆえに世の中退屈もしませぬし、おもしろうございましょう」

と幹次郎が応じた。

料理茶屋山口巴屋の前には、仲人の三浦屋の女将和絵が待ち受けていたが、嫁入り道中の介添えがまさか加門麻とは夢にも思わなかったようで、

「驚きましたよ。私は余計でしたね、麻さん」

と麻に言葉をかけた。

「女将さん、本日の私は前座です。花嫁さんを仲人様にたしかにお預け致します」

玉藻の手を和絵に渡した。

鳶の衆の木遣りに送られて花嫁は水が打たれた石畳を表口へと向かった。

麻がその場に残り、幹次郎が、

「麻、ご苦労であったな。四郎兵衛様からの言葉じゃ。席をひとつ設けさせるゆえ、祝いの席に加わってくれぬかと申されておる」

「幹どの、私の役目はこれまでです」

きっぱりとした口調で麻が断わった。それは幹次郎には予想されたことだった。

「ならば、麻、帳場《ちょうば》にいて姉様を手伝ってはくれぬか。姉様は祝いの席にも出なければならぬし、料理の配膳などの裏の務めもあるでな、麻が手伝ってくれる

と助かろう」

「それなれば承知致しました」

麻の言葉に幹次郎がほっとした。

料理人正三郎と引手茶屋と料理茶屋の女主玉藻の祝言は、内々と言いながらも五十余人の出席者があって、厳《おごそ》かなうちにも晴れやかに催された。

嫁入り道中の介添えを、つい先日まで吉原で全盛を誇った薄墨太夫、ただ今の加門麻が務めたという話がこちらにも伝わっており、話柄を添えた。

仲人の役目を果たしながら三浦屋四郎左衛門が花嫁に、

「玉藻さん、そなたの介添えを思案したのはどなたかな」

と小声で訊いた。

「あのような仕掛けをなさるのは神守幹次郎様の他はございません。だれが驚いたといって私が魂消ました。花嫁などそっちのけ、麻様に大勢の人々の視線が集まり、私にとっては好都合の嫁入りでした。生涯忘れることのない嫁入りになりました」

満足な笑みの顔で玉藻が答えたものだ。そして、正三郎に向かい、

「正兄さん、五十間道を大勢の人々が埋めて祝ってくれました」

と報告した。

「五十間道は幼いころの遊び場だから、だれもが私らのことは承知だ。喜んでくれたのなら、なによりだ。私も麻様に手を取られた玉藻様の花嫁姿を見たかったな」

正直にも漏らした。

「正兄さん、嫁に向かって様付けはおかしいわ」

「そうかな、ならば正兄さんもおかしかろう」

ふたりが言い合うのを四郎左衛門と和絵の仲人が聞いて笑った。

「となると、こちらの客人衆が加門麻様の顔をひと目見ないことには承知しまいな」

四郎左衛門が料理茶屋の番頭を呼ぶと、幹次郎にその意を伝えるように命じた。

そのとき、幹次郎は花嫁花婿、仲人の席からいちばん遠い向かい側に座り、花婿の実兄孝助と話し合っていた。

孝助と女房のおふじもなんとか玉藻と正三郎の祝言を素直に祝う気になったらしい。それでも幹次郎に、

「神守の旦那、弟の奴が間違いを起こしそうになったら、びしびしと注意してく

だせえな。なにしろ玉藻さんと正三郎の縁談を取りまとめたのは、神守幹次郎様なんだからね。なにかあったら、旦那にも責めが及びますぜ」

と幾たびも願った。そのたびに、

「そなたは、正三郎さんのことをいささか過小に評しておられる。安心なされよ、引手茶屋の主人として、また料理人として、立派に務められますでな」

と応じた。そんなところに四郎左衛門からの言葉が伝えられた。

「なに、こちらでも麻の出番を作れと申されたか。困ったな、麻が承知するかどうか」

「薄墨太夫は、いえ、麻様でしたな、玉藻さんの手を引いて嫁入り道中を先導したというのはほんとの話ですか」

と孝助が念押しした。

「真です。されど麻としては祝言の座敷まで顔出しするのはどうかな」

「そこをなんとか、知恵者の神守様に仲人の三浦屋の旦那が願えと言うておられます」

「さあてな」

と思案する幹次郎に、

「この祝言の戯作者《げさくしゃ》は、吉原会所の裏同心の旦那なのね。神守様、とことん最後まで面倒をみてくださいな」

と正三郎の義姉《あね》のおふじが願った。

「致し方あるまい」

と呟いた幹次郎が四郎左衛門の意を伝えに来た番頭になにごとか告げて、その場を去らせた。

いったん白無垢の玉藻が披露《ひろう》の場から仲人の和絵に手を取られて退がった。それは汀女の発案で、お色直しの趣向だった。

その様子を眩《まぶ》しそうに正三郎が見ていた。

「中座致す」

と孝助に断わった幹次郎が料理茶屋の二階廊下から裏階段で帳場に下りた。

麻が汀女といっしょに招客たちの土産物の品を揃えていた。

「姉様、麻、頼みがある」

四郎左衛門の願いを伝えた。

麻が汀女を見た。

「そなたはもはや十分に役目を果たされました。されど、こちらの招客様方がそなたの顔を見たいというのも無理からぬ話です。幹どの、麻が祝言の場に無遠慮にではのうて、顔出しできる趣向を考えてくだされ」

と汀女が幹次郎に願った。

「姉様、ただ今花嫁はお色直しで退がられたのであろう。そこでな」

幹次郎が最前から思案していた考えを述べた。

こたびの玉藻と正三郎の祝言は、異例ずくめと言ってよい。嫁入り道中も婿方に行くのではなく、料理茶屋の山口巴屋が婿の「家」と仮定してなされたのだ。そして、数日こちらで時を過ごしたあと、ふたりして若夫婦の住まいの、吉原引手茶屋山口巴屋に戻り、本式な夫婦暮らしを始めるのだ。それもこれも玉藻と正三郎の「身分違い」を考えてのことだった。

嫁入り道中の介添えがかつて吉原で全盛を誇った薄墨太夫ならば、ただ今の加門麻の変わった姿をとことん本日の招客に印象づけておくのも、これからの麻の生き方の役に立つような気が幹次郎はしていた。

幹次郎が祝言の場に戻るとおふじが、

「麻様は得心なされましたか」

と早速《さっそく》問うてきた。

「おい、おふじ、そんな容易い話じゃねえぞ。花嫁が引手茶屋の女主人ってだけでも正三郎には頭が痛かろう。祝言の場に薄墨太夫が顔出しするなんてことがあってよいものか」

実直な職人の孝助は、未だ弟が玉藻の婿になることに躊躇《ためら》いがあると見えた。

料理茶屋の若い男衆によって、

「花嫁、白無垢よりお色直しにてふたたびお入りにございます」

と廊下から告げられると、座敷の全員が声のほうを見た。

花嫁玉藻の手を取ったのは仲人の三浦屋の女将ではなかった。

「ああ、薄墨太夫だ」

「違いますよ、加門麻様ですよ」

「おお、そうだ」

と声が飛び交った。

麻は花嫁が引き立つように腰を落として花嫁を座に着かせた。そして、麻がふたたび廊下に引き下がると三浦屋の女将和絵の手を引いて、仲人の場へと案内した。

ふうっ

という溜息が漏れた。
麻の挙動は花嫁と仲人を引き立てるように慎《つつ》ましやかだった。その麻は座敷の端に戻ると、
ぴたり
と正座をして、
「花婿正三郎様、花嫁玉藻様、本日は真におめでとうございます。ご夫婦が末永く、仲睦《むつ》まじく過ごされるよう見守ってくださいますこと、祝いの席のご一統様に加門麻、伏してお願い奉《たてまつ》ります」
と凛《りん》とした声音を響かせ、
すっ
と廊下へと退がった。
わあっ
という大きな歓声《かんせい》が料理茶屋山口巴屋に上がった。
神守幹次郎と汀女、そして、麻の三人が浅草並木町の料理茶屋山口巴屋を出たときには、五つの刻限を大きく過ぎていた。

もはや招客たちも仲人の三浦屋夫婦も、四郎兵衛も駕籠に乗って吉原に無事戻っていた。

三人を正三郎と玉藻が表まで見送ってくれた。

「神守様、汀女様、麻様、私どものために心遣いいただき有難うございます。本日のことだけではのうて、私どもの尻押しをして夫婦にしてくだされたのは、ほかならぬお三人です。生涯忘れぬために末永く玉藻と暮らすことをお約束します。向後ともお力添えくださいまし」

と正三郎が三人に願った。

「よい祝言であった」

と幹次郎がしみじみと言った。

「はい、あれ以上の祝言はございません。全盛を誇った薄墨太夫に手を取られて嫁入り道中をしたのは、私くらいのものです」

玉藻の弾《はず》んだ言葉も心に響いた。

若い夫婦と別れ、料理茶屋山口巴屋の外を流れる疏水《そすい》のせせらぎを聞きながら、幹次郎は汀女と麻に挟まれて広小路へと出た。

「幹どの、正三郎さんと玉藻様があれほど喜ばれるとは、考えもしませんでした。

すべて麻のおかげです」

「いえ、姉上、それは違います」

と幹次郎の右袖を握った麻が、

「こたびの若夫婦誕生から祝言までの戯作者は、神守幹次郎ってお方です。麻はこのお方、汀女先生の亭主どのに踊らされただけです」

とおふじと同じことを言い、汀女が、

「麻、それを申すならば、十五年前、豊後国岡《おか》藩城下で幹どのに手を引かれて脱藩した折りも、幹どのの強引さに負け、かような道を歩き始めたのです」

「姉上、後悔しておいでですか」

「麻、ちっとも」

「しておられませぬか」

「むろんです」

「姉様、麻、それがしの周りは姉様といい、麻といい、玉藻様といい、お芳《よし》さんといい、女が皆しっかり者じゃ。一見、男を立てているようでな、女衆の掌《てのひら》の上で踊っておるのはわれら男かもしれぬ」

「姉上、この口先には気をつけねばなりませぬ」

「いかにもさようです。しっかりと袖を握って騙《だま》されぬようにしなされ」

と言った汀女が、

「正三郎さんと玉藻様のご夫婦のご多幸を祈って浅草観音《かんのん》様に参拝していきましょうか」

と誘った。

秋の夜が静かに更《ふ》けていった。

第三章　ボヤ出来《しゅったい》

一

　この日、幹次郎は早めに柘榴の家を出た。大門を潜る前にこの数日胸に閊《つか》えていたことを思い出した。そこで五十間道の煙草屋で刻み煙草を買うことにした。幹次郎は煙草吸いではない、ゆえに刻みの種類も値段も分からなかった。

「珍しゅうございますね、会所の旦那が刻みを買うなんてさ」

　と煙草屋の番頭が言った。

「それがしが吸うのではない。ちょっとした礼だ。なにがよかろう」

「相手は煙草吸いですね」

「間違いない」

「それでしたら薩摩国分《さつまこくぶ》なんぞを一朱分包みましょうか」

「それをもらおうか」

紙に包まれた刻みを幹次郎は着流しの懐に入れた。

面番所に村崎同心の姿はなかった。

吉原会所の敷居を跨《また》ぐと、番方の仙右衛門らがいた。

「神守様、えらく派手な花嫁道中でしたな。浅草並木町でも麻様が一役買われたそうじゃないですか」

「余計なことだとは思ったがな、麻がなにか手伝いたいと言うので、あのような嫁入りになってしまった」

「おまえ様は、なにをやっても女衆に喜ばれる。不思議な御仁ですぜ」

仙右衛門の口調に幾分皮肉が交じっているのに気づいていた。

「これから気をつけよう」

「だれが気をつけろなんて言いましたよ」

「いや、お節介とは承知していたがな、やり過ぎたか」

と反省の言葉を口にする幹次郎に小頭の長吉が、

「一生一度の祝言ですよ。ふだんできないことを神守様が仕掛けたんだ。麻様に一役買わせるなんて、裏同心の旦那じゃないとできねえや。玉藻様も喜んでいたと七代目から聞いたよ。なにがお節介なものか」

と言った。

「さようか、四郎兵衛様はさようなことを申されたか。それがし、お叱りを受けるのではないかと、朝湯に入って首を丁寧に洗ってきた」

「四郎兵衛様もお疲れのようだ。ただ今湯に入っておられるよ」

長吉の話を聞いて、頷いた幹次郎は嶋村澄乃に、

「どうだ澄乃、見廻りに付き合わぬか」

と声をかけた。

「はい」

と澄乃が返事をした。

「もし。なにかまた考えているのではないでしょうな」

仙右衛門が幹次郎に釘《くぎ》を刺した。

幹次郎は首を横に振ると、

「四郎兵衛様が湯から上がられる時分には見廻りを終えて会所に戻ってくる」

と言い残して会所を出た。

五つ半（午前九時）時分だろうか。

秋の日はすでに三竿《さんかん》にあった。

仲之町にはいつものように花売り、野菜売り、魚売り、卵売りなどが筵《むしろ》敷きの店を出していた。

そんな店の前に引手茶屋山口巴屋の女衆の中でも古手《ふるて》のおえいがいた。

「神守の旦那、昨日はご苦労だったね」

と声をかけてくれた。

「それがしはなにもしておらぬ。玉藻様と正三郎さんとは、昨夜別れたが幸せそうであった」

「なによりな話だよ」

おえいが応じた。その手にはにらの束《たば》が持たれていた。

「こちらで正三郎さんが料理の腕を揮《ふる》うことになった。台所も働き方が違おうが宜しく頼む」

と声をかけた幹次郎と澄乃は、仲之町をぶらぶらと水道尻の方角に歩いていった。

「昨夜はなにごともなかったか」

「大事はございませんでした」

幹次郎の問いに澄乃が答えた。

「大事はないということはどういうことだ」

「ええ、蜘蛛道でボヤがありましたが直ぐに住人が気づいて消し止めました」

「失火《しっか》か」

「天女池《てんにょいけ》の端でごみを焼こうとした八百屋の年寄りが、うっかり目を離した隙に焔《ほのお》が上がって慌てて水をかけて消したそうです。番方が強く注意されました」

「吉原では火事がいちばん怖いでな」

と応じた幹次郎が、

「澄乃、そなたに頼みがある」

「なんなりと」

澄乃が即答した。

「西河岸の局見世の初音と親しかったな」

「神守様が承知のように挨拶する程度の間柄です」

「すまぬが天女池の野地蔵のある桜の木の下に呼び出してはくれぬか。それがしが呼び出したとはだれにも知られたくない」

澄乃が幹次郎の顔を見た。

「難しいこととは承知だ、できそうか」

しばし沈思した澄乃が頷き、

「少し時がかかるかと思います」

と言った。

局見世に身を落とした女郎が日の下に姿を曝《さら》すのは、いちばん嫌うことだった。五丁町で遊女を務める昔仲間と顔を合わせたくないのは人情だ。それを承知で幹次郎は澄乃に願った。

「待とう」

澄乃は揚屋町の木戸口を潜って西河岸へと向かった。一方、幹次郎は揚屋町から通じる蜘蛛道のひとつに身を潜《もぐ》り込ませた。

幹次郎は、人ひとりがようやく通り抜けられる路地を進んでいった。

豆腐屋から女が竹笊《たけざる》に豆腐を二丁入れて姿を見せた。幹次郎に会釈して、

「今日も暑くなりそうですね、会所の旦那」

と声をかけた。

「なりそうだな。体には気をつけることだ」

女は頷くと、幹次郎の横を擦《す》り抜け、蜘蛛道の奥へと向かった。

幹次郎はしばらく女から間を置いていこうと豆腐屋の山屋《やまや》の前で立ち止まった。

すると吉原で有名な「山屋の豆腐」の主文六《ぶんろく》が、

「七代目の娘が嫁入りしたそうですね」

と声をかけてきた。

「ああ、七代目もひと安心されたことだろう」

応じた幹次郎が何気なく、

「変わったことはないかな」

と尋ねた。

「変わったことね」

と文六が応じて、濡れた手を手拭いで拭いた。

「昨日のことだ。わっしがちょいと奥に入っていた隙に豆を煮る竈の火がこぼれて、危うく火事になりそうでした。早く見つけたからいいようなものの、火事でも出したら、わっしは首を括っても言い訳が立たないや」

と言った。

幹次郎の背筋に嫌な悪寒《おかん》が走った。

「竈の火がこぼれることがままあるのか」

「まずございませんよ。竈の傍らにあった小割りの薪《まき》の上に燃える薪が落ちるなんて、長年豆腐屋をやっていますがね、初めてのことだ」

と文六が言い切った。

「竈を見せてくれぬか」

「火は入っていませんぜ」

と文六が狭い土間に幹次郎を入れた。

山屋の豆腐は、

「吉原第一の名物也《なり》。この豆腐は角田川《すみだがわ》の水を以て製す。あじわいかろくして、世にならびなし」

と明和《めいわ》（一七六四〜一七七二）のころに評判になった豆腐屋だ。だが、ただ今の山屋の豆腐は直系ではなく、弟子だった文六の親父が引き継いだ店だった。

老舗らしくきちんと桶《おけ》や道具類や薪などが整頓《せいとん》されていた。

「この竈から燃える薪が落ちるとは訝しくないか」

「へえ、昨日はほれ、女房も弟子もさ、玉藻さんの嫁入りを見に行っていてね、わっしひとりだったんだよ。だから、つい油断したのかね」

と文六が首を捻った。

「親方、だれかがわざと燃える薪を竈から持ち出したということはないか」

「というと火つけか、会所の旦那」

幹次郎の言葉に文六が考え込んだ。

「いえね、わっしも歳だ。火を弱めようと薪を竈から出して、この小割りの上に思わず置いてさ、奥に入ったのかと思っていたんだがね」

「そうとばかりは言い切れぬのではないか。ともあれくれぐれも注意してくれ」

と願った幹次郎は、蜘蛛道を奥に進み、天女池に出た。

未だ澄乃も初音も姿は見えなかった。

幹次郎は、黄葉した桜の下に置かれた丸太に腰を下ろした。木漏れ日が幹次郎の着流しの肩に落ちて揺れた。

浅草寺の時鐘《ときのかね》が四つを告げるのを幹次郎は聞いた。

そのとき、澄乃が西河岸のほうに抜ける蜘蛛道に姿を見せた。そして、浴衣姿《ゆかた》の初音が暑さを避けたか、あるいは顔を隠してのことか、手拭いをふきながらにして姿を見せた。

「会所の旦那かえ、わちきを呼び出したのはさ、わちきと道行《みちゆき》かえ」

初音が冗談とも怒りともつかぬ声で質した。

「すまぬ。かような暑さに呼び出して」

と詫びた幹次郎が目顔《めがお》で澄乃に場を外せと命じた。

澄乃が頷くと、天女池を回って蜘蛛道の出入り口の日陰に遠のいた。

「旦那からお調べを受ける覚えはなし」

と言いながら、初音は少し幹次郎から離れて丸太の端に座った。

「初音というそうだな。萬亀楼時分からの名かな」

「ほう、わちきが萬亀楼にいたことを旦那は承知でしたか。ああ、そうか、変わり者の女裏同心が旦那に言いつけましたか」

「まあ、そんなところだ。だが、澄乃にはなんの悪気もないのだ。許してくれぬか」

と幹次郎は言いながら、懐から薩摩国分の包みを出して初音に差し出した。だが、初音は受け取らず、致し方なくふたりの間の丸太の上に刻みの包みを置いた。

その包みから視線を逸らした初音が、

「なに、煙草をわちきにね。怖いようだね」

と言った。

幹次郎は話柄を変えた。

「そなた、萬亀楼を勘当になった増太郎を承知だな」

「わちきが萬亀楼に入ったとき、増太郎若旦那は十三、四だったかね、いっぱしの悪《わる》を気取っていたが、今から考えると可愛いもんだったよ」

「楼の女にも手をつけていたそうだな。そなたも悪戯《いたずら》された口か」

ふっふっふ、と笑った初音が、

「遠い昔の話だねえ」

と言い、含み笑いを消すと、

「増太郎若旦那がどうかしたのかね」

と幹次郎に尋ねた。

「殺されたのだ」

初音がごくりと音を立てて唾《つば》を呑んだ。

「川向こうの霊光寺近くでな、なぶり殺しにされていたと聞いておる」

「だれが殺したんですね」

「分からぬ。ゆえに調べておる」

しばし沈思した初音が、

「もはや吉原とは関わりがあるまいに」

初音の口調から、決して増太郎を嫌っていたわけではないと思えた。それは未だ増太郎若旦那という呼称を使うということにも表われていた。

「初音、いくら悪でもなぶり殺しにされていいわけもない。そなたが萬亀楼にいたのは何年だね」

「十五の年から十二、三年、萬亀楼もわちきも勢い盛んなころだったよ。あとは坂道を転がり落ちるように河岸見世の局女郎だ」

初音は自嘲《じちょう》した。

「萬亀楼の客筋は武家方が多いそうだな」

「ああ、昼見世の客だね」

武家筋が客の大半と認めた。

「増太郎は、勇左衛門の跡継ぎだった。なぜ増太郎は勘当されたのだ、手当たり次第に楼の女に手をつけたからかな」

初音が首を横に振ると、考え込んだ。

「増太郎の若旦那が勘当されたのはさ、たしか客のお武家さんと揉めたことが原因《もと》じゃなかったかね。増太郎さんは女も好きだったが、いちばんのめり込んだのは博奕だよ。賭場にさ、そのお武家さんを連れていったとかいかないとか、賭《と》博《ばく》の金で揉めて、萬亀楼の帳場で武家方から強く捩《ね》じ込まれたと聞いたことがあったよ。詳しくは知らないがね」

と答えた初音が、

「二十年近く前のことが増太郎若旦那の殺しに関わりがあるのかね」

と幹次郎に質した。

「それがな、分からぬ」

と答えた幹次郎は、

「ただ今萬亀楼を取り仕切っている雄二郎さんはどんな楼主《ろうしゅ》だ」

「堅物《かたぶつ》の、いや、因業《いんごう》な楼主だね。一時は萬亀楼のお職《しょく》を張ったわちきだ。番《ばん》頭《とう》新造で残してもよかろうに、なにがしかの金子欲しさにさっさと局見世に売り払いやがった」

と初音が不満を漏らした。

「増太郎と揉めた武家方だが、なにか覚えておらぬか」

初音はまた考え込んでいたが、

「昔のことは覚えていないがさ。二、三年前に大籬の吉本楼《よしもとろう》から出てきたのをちらりと見たよ。他に何人かのお武家と一緒だったね。楼の女衆に『船村《ふなむら》ご用人』と呼ばれていたっけ。昔から女好きは変わらないんだね」

と記憶を辿った。

「船村ご用人か。助かった」

と答えた幹次郎に初音が尋ねた。

「この刻み、もらっていいのかね、会所の旦那」

「そなたのために買ってきたのだ。それがしはこれまで煙草を吸ったことがない。初めて購《あがな》ったゆえ、それが上物《じょうもの》かどうかも分からぬ」

「ふっふふ、薩摩国分なら上物に決まっているよ、有難く頂戴するよ」

包みを取った初音が木漏れ日の下から光の中へ、そして蜘蛛道に姿を消した。

幹次郎はしばし考えに耽《ふけ》った。すると澄乃が姿を見せて、

「用が足りましたか」

と尋ねた。それには答えず幹次郎は、

「澄乃、初音を呼び出したこと、そなたの胸に留めてほしい」

と口止めした。

会所に戻ると、小頭の長吉だけがいて、飼犬の遠助が土間に眠り込んでいた。

「番方たちは見廻りかな」

「へえ、廓の外の鉄漿溝の浚《さら》いの時節が近づいてますので、人足《にんそく》たちと外で話し合っています。神守の旦那を七代目がお待ちです」

と言った。

幹次郎は直ぐに奥座敷に通った。

「神守様、昨日はご足労《そくろう》でございましたな、おかげ様で賑やかな祝言になりました。最前、建具屋の孝助さんがな、向後とも宜しくお付き合いのほどをと、丁《てい》重《ちょう》な挨拶に見えました」

「それはようございました」

と答えた幹次郎は初音から聞いた話を四郎兵衛に告げた。

無言で幹次郎の話を聞いた四郎兵衛が、

「萬亀楼の馴染客がただ今では大籬の吉本楼に鞍替《くらが》えしておりましたか。どうやらご用人の仕える主どの、出世したとみえますな」

と言った四郎兵衛が、

「何者か、私が調べてみます」

と言った。

「それから気掛かりなことが今ひとつ」

と前置きした幹次郎は山屋の文六から聞いた話をした。

「昨日、玉藻様の嫁入り道中の最中に火つけをした者がいるとしたら、鎌倉の一件に関わりはございますまいか」

四郎兵衛は無言で考えていた。

「関わりがあろうとなかろうと、ともあれ火つけであれば、向後とも注意を払う要がございます。番方たちが見廻りから戻ってきましたら、改めて天女池のボヤ騒ぎを調べてみます」

「願いましょう」

と四郎兵衛が幹次郎に応じた。

二

この日、幹次郎が昼見世前の見廻りに出ようとしたとき、四郎兵衛から奥座敷に呼ばれた。いっしょに行こうとしていた番方の仙右衛門が幹次郎の顔を見た。

「すまぬ、先に行っていてくれぬか」

黙って頷いた仙右衛門が、

「わっしら仲間にも話せぬ用を頼まれましたか」

と険しい顔で訊いた。

「番方、ここは黙って見守ってくれぬか」

「四郎兵衛様に関わる事柄ですか」

「偶《たま》さかかようなことになった。番方に頼みがある」

「なんだ、わっしらの目を他に逸らせようとしての頼みか」

幹次郎は豆腐の山屋の文六から聞いた話を告げた。

「天女池のボヤ騒ぎだがな、うっかりしていたのではのうて、火つけかもしれぬ。山屋の一件を含めて、廓内に火つけが起こることも考えられる。なんとしても火事騒ぎを出したくない」

「そちらの一件と関わりがあるというのですかえ」

「今のところ分からぬ」

「よし、廓内のことは任せよ」

と言った仙右衛門が長吉を会所に残し、ふた組に分けて見廻りに出ていった。

幹次郎が奥に通ると、四郎兵衛が腕組みをして思案していた。そして、幹次郎を見ると、

「吉本楼のご用人が何者か、分かりました」

と四郎兵衛が言い切った。

「何者でございますな」

「若年寄《わかどしより》、美濃《みの》郡上《ぐじょう》藩四万八千石の青山大膳亮《あおやまだいぜんのすけ》様用人船村右近兵衛《うこんひょうえ》という御仁です」

「若年寄ですか」

御免色里の吉原を直接監督差配するのは町奉行所だ。その町奉行所は老中《ろうじゅう》の支配下にあった。若年寄とは直に関わりはない。

幹次郎は、どこから『吉原五箇条遺文』の情報が漏れたか、若年寄青山大膳亮の用人とは、今ひとつ解《げ》せんなと考えた。

「郡上藩は八幡《はちまん》藩とも呼ばれ、戦国時代からころころと藩主が代わって落ち着きませぬ。また百姓一揆《いっき》あり、お家騒動あり。遠藤《えんどう》氏のように改易《かいえき》は免《まぬか》れたものの、家禄一万石に下げられて移封《いほう》になった大名ありと賑やかでございましてな。ただ今の青山様は、丹後宮津《たんごみやづ》藩から幸道《よしみち》様が四万八千石で入封《にゅうほう》されて、幸完《よしさだ》様

で二代目です」

さらに四郎兵衛は、幸完が宝暦《ほうれき》二年（一七五二）生まれゆえ働き盛りの四十歳であること、先代の隠居を受けて安永《あんえい》四年（一七七五）に藩主の座に就いたあと、四年後の安永八年（一七七九）に奏者番《そうしやばん》を命じられ、さらに天明《てんめい》八年（一七八八）に若年寄に出世していることを伝えた。

「青山大膳亮幸完様が吉原となんぞ関わりがございましたか」

「格別ございません」

四郎兵衛が言い切った。

「ただし、青山家用人船村右近兵衛なる御仁は、先代の幸道様の時代から萬亀楼の馴染客でございましてな、幸道様をなんとか幕閣《ばつかく》の地位にと画策してきたそうな。幸道様はそのおかげか西の丸門番というお役目に就かれました。ですが、西の丸門番では幕閣の中枢部《ちゆうすう》とは言いがたい。船村用人が力を発揮し始めたのは、幸完様当代になってからです。奏者番、若年寄と順調に出世されておられます。ゆえに郡上藩江戸藩邸では、江戸家老《がろう》、留守居役《るすいやく》より船村用人の力のほうが強いと言われておるそうな」

「萬亀楼を贔屓《ひいき》にしていた時代は、青山様の先代時代ですね」

「はい。宝暦十三年（一七六三）に幸道様が西の丸門番に就かれた折りのことでしょう。老舗ながら半籬の萬亀楼から、新規ながら大籬の吉本楼に出入りの楼を変えたのは、当代のために接待を、と考えた結果かもしれませんな」

「四郎兵衛様、鎌倉の一件に関心を持つ御仁は、船村右近兵衛用人と考えてようございますか」

「まず間違いございますまい。幸完様は若年寄から当然老中を狙っておいででしょう。となると益々《ますます》船村用人の力を借りることになる」

「老中になるためには、やはり金の力を借りねばなりませんか」

「はい。されど譜代《ふだい》大名郡上藩は、四万八千石とは申せ、領地が美濃国郡上郡《ごおり》二万四千石と、越前国《えちぜんのくに》の大野《おおの》郡、南条《なんじよう》郡、丹生《にゆう》郡の二万四千石とに分かれておりますゆえ、費えもそれなりにかかりますな」

しばし重い沈黙がふたりの間にあった。

「船村用人としては大金を藩のため、そして己のために欲していた」

そんな野望を実現可能にするのが『吉原五箇条遺文』と船村用人は考えたか。しかし『遺文』のことを船村用人が知ったのは、老舗の萬亀楼時代の話だろう、しかしそれをだれから聞いたのか。増太郎からだとして、どうして増太郎が承知していたか。

「四郎兵衛様、もう一度初音に会ってみましょうか。萬亀楼時代、船村用人と跡継ぎであった増太郎のふたりは、廓の外でも付き合いがあったかどうか」

「初音はおそらく廓の外のことまで承知していますまい」

と言った四郎兵衛が、

「萬亀楼に会う時期かもしれませんな」

「雄二郎どのに会われますか」

「いえ、病床の勇左衛門さんに会うのが早かろうと思います。神守様、供をお願いできますか。じゃが、その前に吉本楼を訪ねてきましょうか」

四郎兵衛は幹次郎に言った。

京町二丁目の吉本楼は、天明七年（一七八七）十一月九日未明に起こった吉原総炎上の火事のあと、代替わりした新規の大見世だ。主は吉本喜左衛門《きざえもん》だが、背後には両替商《りようがえしよう》が控えているとの噂があった。

とはいえ、吉本楼が阿漕《あこぎ》な商売をするというわけではない。ただ楼の遊ばせ方は、格式のある大籬とは違い、のようで安直だとか、遊び方にあれこれと工夫が凝《こ》らされ、お手軽であるとか「仮宅《かりたく》」と評判であった。

四郎兵衛が幹次郎を連れてふらりと吉本楼を訪ねたというので、吉本楼の帳場ではいささか慌てていた。

「いや、不躾な訪《おとな》いで申し訳ございませんな」

四郎兵衛が喜左衛門に詫びた。

幹次郎は帳場の隅にひっそりと控えた。

昼見世が始まろうとしている刻限だ。楼の中はそんな気配が漂っていた。

「七代目、なんぞございましたかな」

喜左衛門が警戒の色を見せながら訊いた。

三浦屋四郎左衛門らが元吉原からの老舗楼の代表ならば、吉本楼は新規参入の妓楼の頭分《かしらぶん》だ。どうしても老舗の妓楼に近い吉原会所の四郎兵衛とは、昵懇という間柄ではなく、なんとなく対立する関係だった。

「いえ、挨拶にございますよ。昨日、行かず後家《ごけ》の娘がようやく嫁入り致しましてな、内々で祝言は済ませました。ですが、多くの妓楼や茶屋の皆さんにご挨拶も申し上げておりませぬ。そこでかように」

「お見えになりましたので」

「はい」

「内々の式と申されましたが、大門を三浦屋で太夫を務めた薄墨さんが介添えをなさって歩かれたとか、廓じゅうが『さすがに七代目の娘御の祝言』と騒いでおりましたよ」

「全くもって恐縮でございます」

「七代目自らうちにお出《い》でとは、娘御の祝言の挨拶だけとはとても思えませんな。なんぞございますならば、遠慮のう仰《おつしや》ってくださいな」

「益々恐縮至極です。ひとつだけ教えてくださいませぬか。お客様のことゆえ、それは答えられぬということであれば、直ぐに引き下がります」

「ほう、お客様のことですか。さような問いに答えることはできぬこと、吉原会所の七代目が知らぬはずはございますまい。その上でお越しということはそれなりに曰くがございますな」

「はい」

「どなた様のことですか」

「若年寄青山大膳亮様ご用人船村右近兵衛様のことでございますよ」

「それは無理だ、七代目。最前も申し上げましたな、おまえ様も妓楼の中の仕来たりを知らぬはずはございますまい、いや、釈迦に説法《せっぽう》だ。まして公儀の重職にあるお方の用人様のことは、お話しできませぬな」

と喜左衛門が言い切った。

「さすがに吉原の仕来たりをしっかりと守っておられます。いや、私が無理を申しました、礼儀を欠いて失礼を申しましたな」

と座を立ちかけた四郎兵衛が、

「船村様は元々江戸二の萬亀楼の御馴染でございましたな」

と質し、

「はい。それがどうか」

と喜左衛門が思わず答えた。

「いえ、お客人とて主の出世に合わせて楼の格を上げるのは至極当然のことです。ですが、なんぞきっかけがございましたか」

「さて、どうでしたか。萬亀楼さんの昔ながらの遊びに飽きたということではございませんか」

「青山様は老中職を狙っておいでだ、当然接待の仕方も変えざるを得ませんな」

「ということです」

「船村様の懐具合はどうですか」

「地味なものです。なにしろ四万八千石とはいえ、領地が美濃と越前の遠くに離れておるそうな。船村様の願いは、殿様が老中に出世して領地がひとつになることですよ」

喜左衛門が話は終わったという語調で言った。

中腰の四郎兵衛が幹次郎を見た。幹次郎が座したままだからだ。

「ひとつだけそれがしからお尋ねしてようございますか」

幹次郎が喜左衛門にとも四郎兵衛にともつかず許しを乞《こ》うた。

「会所の裏同心どのは、なかなかの凄腕と評判ですが、どのような問いですな。答えられる問いならば答えましょう」

「萬亀楼の嫡男だった増太郎さんが船村様のお座敷にひそやかに呼ばれたことがあるそうな」

さあっ、と喜左衛門の顔色が変わった。

「いつのことでございましょうか」

と幹次郎が畳みかけた。

「いつと言うても、二、三度のことですよ。いつも裏口からひっそりと」

「最後に船村用人とお会いになったのはいつのことですか」

間を置いた喜左衛門が、

「これはお調べですか、裏同心の旦那」

と問い返した。

「と、お考えになられても構いません」

「仔細《しさい》をお明かし願いましょうか。それ次第ですな」

「主どの、そちら様がお答えになれば、必ずや曰くを申し上げます」

と幹次郎が落ち着いた声音で応じた。

「いつものように裏口からふらりと入ってきて、『船村のご用人に呼ばれた』と座敷に上がったのがひと月も前でしたかな。ふたりだけで四半刻ほど話して、また増太郎さんは裏口から蜘蛛道を抜けて姿を消されました」

と答えた喜左衛門が、もういいだろう、という厳しい顔で、幹次郎を睨みつけた。

「ちょうどその直後のことです、増太郎さんの骸が川向こうに転がされておりました。体じゅうにひどく責め苛《さいな》んだ跡があったそうな」

「なんと」

「そのあと、船村用人はこちらに登楼《とうろう》されましたか」

いや、と喜左衛門が応じ、首を横に激しく振った。

四郎兵衛と幹次郎が大門前に差しかかると面番所の隠密廻り同心村崎季光が、

「これはこれは、四郎兵衛様、お出かけにございますか。こたび、拙者《せっしゃ》の件でお力添えをいただいたとか。真に有難うございました」

と愛想笑いを向けた。

「村崎様、さようなことは日中の大門前で口にするべきことではございませんぞ」

と四郎兵衛が注意した。

「は、はい。いかにもさようでした」

村崎同心が慌てて面番所に姿を消した。

五十間道をふたりが歩いていくと、道の両側から男衆や女衆が姿を見せて、

「昨日の嫁入り道中、ようございましたな」

とか、

「花魁道中も形《かた》無しですよ」

とか言いかけるのへ、四郎兵衛は一々丁寧に応えて礼を述べた。

ようやくふたりが解放されたのは土手八丁へと曲がってからだ。

「驚きましたな」

四郎兵衛が幹次郎を見た。

「村崎同心の一件ですか。それがしが大仰《おおぎよう》に言い過ぎました」

「いえ。村崎様のことではございませんよ」

「では、なんでございますな」

「神守様、あなたのことですよ。あのような隠し玉があるならば、吉本楼であれほど気を遣うこともなかったのに」

四郎兵衛が言った。

「ああ、あのことでございますか」

「どなたに聞かれました」

「だれにも聞いておりません。当てずっぽうです」

初音から聞いた増太郎像は、世間に流れる悪評判とは少し異なり、女や賭博に目がない、欲望に流される弱い男の印象を受けた。もし昔の馴染客と今もつながっているとしたら、と考えた幹次郎が「鎌をかけた」のが当たっただけだった。

「えっ、当てずっぽうですと」

「もし、増太郎を殺した下手人が船村用人の配下の者ならば、増太郎と船村には、未だつながりがあっても不思議ではないと思ったのです」

しばし四郎兵衛はなにも答えなかった。ゆっくりとした歩みの中で、

「一年前、神守様が鎌倉建長寺にて御広敷番之頭《おひろしきばんのかしら》古坂玄堪《こさかげんたん》様を始末なされましたな。あの折りの一件とこたびのこと、関わりがないのでしょうか」

「それがし、こたび鎌倉で始末した三人は、一年前の残党か、つながりを持つ者と思うて、江戸に戻って参りました。ですが最前、四郎兵衛様から若年寄青山大膳亮様と用人船村右近兵衛様のことを聞いて、まるで違った筋ではないかと悟《さと》りました。おそらく萬亀楼の勇左衛門どのに会えば、このこと氷解《ひょうかい》するような気がします」

「ということは御免状『吉原五箇条遺文』の存在は、私と限られた者の秘密ごとではないと申されますか」

「それもまた萬亀楼の旦那どのが教えてくれそうな気がします」

ますか」

幹次郎の答えに頷いた四郎兵衛が、

「神守様、若年寄青山大膳亮様は、こたびの一連の騒ぎに関わりがないと申されますか」

とさらに尋ねた。

「おそらくはご存じございますまい。老練な用人に頼って奏者番、若年寄と順調に出世街道を昇ってきたのです。青山様は、用人船村様をだれよりも信頼しておられましょうな。一方、吉本楼とて、船村様の主の青山様が若年寄から老中に出世されると、廓の中での力関係が変わる。ともすれば、吉本楼が三浦屋に取って代われるのでないかと願って、船村様を大切にされておられるのではございませんか」

「まあ、それはあちらこちらで飛んでおる風評に鑑《かんが》みると分からぬ話ではございません。ですがね、幕閣のお偉い方に頼るとそのお方の力があるうちはいい。ですが、そのお方が失脚なさったあとが大変です。田沼意次《たぬまおきつぐ》様に踊らされた楼は、大概《たいがい》消えていきました。吉原会所は、政《まつりごと》にはつかず離れずが鉄則です」

と言い切った。

秋の日差しが土手八丁に未だ強く照りつけていた。

船宿牡丹屋にふたりが着いたとき、両人の顔には汗が光っていた。

「七代目、舟の御用か」

と政吉《まさきち》船頭の声が船着場からかかった。

「川向こうまで頼もう」

と四郎兵衛が答え、

「七代目、先に乗っていてください。それがしが女将さんに断わってきます」

と幹次郎が船宿の暖簾《のれん》を潜った。

途端に眼が眩《くら》んでなにも見えなくなった。

幹次郎は、一瞬不覚《ふかく》を取ったと思った。

思わず津田助直の柄《つか》に手が掛かっていた。

ゆっくりと視界が戻ってきた。

若い船頭尚五郎《しょうごろう》が驚きの顔で見ていた。

「すまぬ、驚かしたか。表から暖簾を潜った途端、目が見えなくなってな。かようなときに襲われたらひと溜まりもなかったな」

自戒《じかい》の言葉を発した幹次郎は、政吉船頭の猪牙舟《ちょきぶね》を借りると告げた。

尚五郎ががくがくと頷いた。

三

里人《さとびと》に中之郷竹町《なかのごうたけちょう》と中之郷原庭町《はらにわちょう》と呼ばれる地に、西と東から挟まれて浄土宗瑞松山栄隆院霊光寺《ずいしょうざんえいりゅういん》がある。この寺の塀の東側に接して、萬亀楼の勇左衛門がこの数年療養する寮があった。

さほど広い敷地でも大きな屋敷でもない。だが元吉原以来の老舗の妓楼の別邸らしく古色《こしょく》を帯《お》びて、庭木も梅の古木《こぼく》が主で、庭石の間に塩梅《あんばい》よく配置されていた。

古びた門を潜って戸口で訪いを告げると老女が姿を見せた。

四郎兵衛が、

「近くまで御用で参りましたのでお見舞いに参じました」

と訪いの理由を述べると、老女が奥へ引っ込み、しばらく待たされたあと、病間《びょうま》に通された。

勇左衛門は庭に面した座敷に寝かされていた。四郎兵衛が声をかけるのを躊躇うほど両目を瞑《つむ》った顔に、

「死相」

が浮かんでいた。

それでも両目を薄く開けて弱々しい声ながら、ちゃんと通じる言葉を病人のほうからかけた。

「会所の七代目と裏同心どのがいっしょに病気見舞いですか。頭取、もはや嘘を吐《つ》かんでもよかろうが」

と言った。

四郎兵衛が枕辺《まくらべ》に座り、

「お察しの通りだ。ちょいと訊きたいことがございましてね、参じました」

「うちの馬鹿息子の一件ですな」

四郎兵衛は首肯した。

「愚かな子ほど可愛いとは言いません。私の心残りは増太郎でしたがな、あやつ、自滅したようだ」

「増太郎さんがだれに殺されたか承知のようですね」

「いえ、だれにとは知りません。賭場の借財の言い訳に、あいつがだれぞにあれこれとあることないこと、くっ喋《ちゃべ》ったことが死に至らしめたのでございましょう」

と病に臥した父親が言った。

「勇左衛門さん、増太郎さんは牢問《ろうど》いのように責め殺されたのを承知か」

勇左衛門が初めて驚きと、恐怖の顔を見せた。

長い沈黙のあと、

「育て方が悪かった。結局私があやつを殺したようなものです」

と呟いた。

「勇左衛門さん、おまえ様は吉原の秘密を承知でございましたかな」

四郎兵衛はもはや遠慮はせずに直截に質した。

「七代目が言われるのは、元吉原から新吉原に変わる折り、公儀が吉原に下された御免状のことですな」

「いかにもさようです」

と答えた四郎兵衛が、

「それを萬亀楼さんが知った経緯を話してくれませんか」

と願った。

「七代目、話すもなにも今話したことがすべてでございましてな」

「だれからそのことを聞かれました」

四郎兵衛の問いに勇左衛門は昔を振り返るように両目を閉じて、弱々しく咳《せ》き込んだ。咳き込む間から、

「水を」

と勇左衛門が願った。

幹次郎が枕辺に置かれた水差しから茶碗に水を注ぎ、四郎兵衛に渡した。そして、勇左衛門の顔をゆっくりと幹次郎が上げた。

勇左衛門は老猫《ろうびょう》が水を舐《な》めるように飲み、幹次郎は枕に頭を下ろした。

しばらく間があって、

「七代目はうちが元吉原以来の妓楼というのは承知ですな」

四郎兵衛が頷いた。

「元吉原から浅草田圃の新吉原に変わるどさくさに、萬亀楼の先祖がだれから聞き込んだか、公儀から庄司甚右衛門様に授けられた御免状が吉原会所に秘蔵《ひぞう》されている、その事実を他人には話さない代わりに、萬亀楼が万が一の場合、この話をタネに会所になんとか助けを求めよというのが、代々の主から主への言い伝えですよ。もはや百数十年前の話です。だれからうちの先祖が耳に入れたかなんて

分かりません」

と休み休み話した勇左衛門が、

「七代目、御免色里を永久に認める御免状はほんとうに在《あ》るのでございますか」

と尋ねた。

「ございます」

四郎兵衛は即答した。

「やはりそうでしたか」

と勇左衛門が得心し、

「ならば私が増太郎を殺したようなものです」

「増太郎さんに話されましたか」

「間違いを犯しました」

と言った。

四郎兵衛は話柄を変えた。

「一年前のことです。この御免状の存在が漏れましてな、吉原は危機に落ちました」

「私が増太郎に話したのは数月余り前のことですぞ」

と勇左衛門が抗った。

「最初は、一年前の一件とこたびのことが同じ筋かと考えましたが、どうやら私どもの勘違いにございました」

しばし沈黙した勇左衛門が質した。

「七代目、一年前、漏れた始末はどうなされた」

「この場におられる神守幹次郎様が相手の口を封じられました」

ふっふっふふ

と弱々しい笑いを漏らした勇左衛門が、

「会所はいい夫婦を雇われましたな」

と四郎兵衛に言った。そして、

「増太郎め、十年も姿を見せなかったのに、私がこちらに身を移したころから姿を見せて、金子の無心をするようになりました。情けないことに死が迫った病人の私は、つい仏心《ほとけごころ》を出してその都度《つど》なにがしか渡してきました。

それを次男の雄二郎に知られて厳しく注意されました。そんなわけでこの半年余り、あいつがここに来ようと、どう懇願されようと金子は渡しておりません。いいえ、私は一切銭は持たされておりませんので、渡そうにも渡せませんでした。

あやつが生まれたとき、萬亀楼の跡取りができたというので、亡くなった女房と私が甘やかしたのが、あやつをダメにした因です」

と言った。荒い息を吐いた勇左衛門はしばし瞑目《めいもく》して、呼吸を鎮め、

「七代目、増太郎を殺した相手はだれですね」

と質した。

「若年寄青山大膳亮様の用人船村右近兵衛の指図《さしず》かと思えます」

「なんと、未だ船村様と増太郎は付き合いがありましたか」

「船村用人は元々萬亀楼の馴染にございましたな。それを過日の吉原全焼のあと、新規の吉本楼に出入りを替えられた」

勇左衛門が悔《くや》しそうに顔を歪《ゆが》めた。

「船村様は、主様が奏者番に就く折りも、そして、若年寄に出世なされた折りもうちで接待をなさいました。その金子はほとんどお支払いではございません。仮宅から吉原に戻ると、船村様は私どもに黙って、吉本楼に鞍替えされていた」

「増太郎さんとは、どうやら気脈《きみやく》を通じておられたようだ」

四郎兵衛が言った。

「あやつが若い時分から船村様とは馬が合ったことはたしかでした」

「増太郎さんの弱みは博奕ですかな」

「はい。勘当する前は増太郎と船村様のふたりだけで、楼の二階で花札《はなふだ》なんぞをして遊んでおりました」

幹次郎が口を挟んだ。

「その話、初音さんに聞きました」

勇左衛門が幹次郎に目を向けた。

「初音は局見世で元気にしておりますか」

昔の抱え女郎の身の上を案じた。

「はい、初音さんは増太郎さんに好意を感じている口ぶりでした」

「私が元気ならば、西河岸に売るような真似はしなかったのですがな。雄二郎はいささか薄情《はくじよう》ですからな」

と悔《く》いの言葉を口にした。

「勇左衛門さん、念を押します。そなたが御免状のことを増太郎さんに話した。その他に話した相手はおりませんな」

「七代目、誓って言います。増太郎が哀《あわ》れで、つい吉原会所にすがれと言ったのです。まさか不実《ふじつ》な船村様を頼りにしたとは」

「船村用人は、御免状さえあれば吉原はどうにでもなると考えたか。増太郎さんから絞り出せるだけ絞り出して始末したようです」

幹次郎が答えた。

「なんてことを私はしたのか」

勇左衛門は幾たびめかの後悔の言葉を漏らした。

四郎兵衛が幹次郎に、なにか質すことはあるかと目顔で訊いた。

「勇左衛門どの、御免状がどこに保管されているか承知しておりましたか」

「いえ、先代からは伝えられていません。ただ、七代目がおまえ様を伴い、一年ほど前に鎌倉に行かれましたな。

そのとき、私は病に臥せっておりましたが、多忙な身の七代目が裏同心の神守どのを従えて鎌倉に行ったと聞いて、ははあ、と思いました。鎌倉の建長寺には二代目の庄司甚右衛門様の墓がございましたな、七代目」

さすがに元吉原以来の妓楼の主だ。四郎兵衛も知らずにいた御免色里を幕府に認めさせた者の墓所を承知していた。

「はい、ございます」

「御免状があるとしたら、建長寺かと私は推察致しました」

「勇左衛門さん、そのことを増太郎さんに話されましたかな」

「言ったかもしれません、その辺りが判然と致しませんので。おそらく増太郎に賭場の借財を返さないと命が危ないと泣きつかれて、混乱した私が推察を話したかもしれません」

勇左衛門が苦し気な息の下で言った。

「最後の問いにございます」

幹次郎が萬亀楼の勇左衛門に話しかけた。

「ただ今話されたようなこと、雄二郎どのは承知しておられませんな」

「雄二郎は兄の増太郎とは全く気が合いませんでした。ここに増太郎が出入りしていたことを知っております、ゆえに金子が最前の女子のおくめに届けられるだけで、私には一文も。ともかくこの数年一度たりとも寄りついたことはございません。増太郎の死を奉行所から聞いた雄二郎は、私にも告げずにさっさと無縁墓地に葬ったそうです。私が知らされたのはそのあとです」

幹次郎は頷いた。

「七代目、最後の頼みを聞いてくれませんか」

と勇左衛門が言った。

「なんですな」

「七代目は、萬亀楼を潰す力をお持ちだ。増太郎と私の振る舞いを考えれば、それも致し方ない。ですが、このことを雄二郎は全く承知していません。私がかようにに死の床にあっても、雄二郎に代替わりを告げなかったのは、増太郎のことがあったからです」

勇左衛門は、幹次郎に目で枕辺の文箱《ふばこ》を指して、

「中に文が」

と言った。

「取り出してようございますな」

念を押した幹次郎が文箱の蓋を開けた。するといちばん上に、

「吉原会所頭取四郎兵衛様」

の宛名書きの書状があった。

だいぶ前に書かれた墨跡だった。

「七代目、雄二郎を萬亀楼の跡継ぎに許してはもらえませぬか。これが最後の願いだ」

と萬亀楼の当代が言い、力が尽き果てたという顔で瞑目した。

幹次郎がその顔に、

「増太郎さんの仇《あだ》、それがし が討ち申す」

「願います」

と弱々しい声が答えた。


吉原では、夜見世が始まろうとしていた。

番方の仙右衛門らはふた組に分かれて見廻りをしていた。

仲之町では花魁道中が始まったか、そんな気配が蜘蛛道にも伝わってきた。

「番方、蜘蛛道で焚き火をしてやがる」

と金次の声がして走り出した。

揉み療治《りょうじ》の板看板の下で小割りが積まれて焔が燃え上がろうとしていた。

最初に駆けつけた金次が草履の裏で燃え上がる小割りの火を踏み消した。

「番方、焚き火じゃねえ、火つけだ」

「この界隈にいるはずだ。探せ」

と命じて、蜘蛛道にひとりずつ散って火つけを探し始めた。

嶋村澄乃が加わっていたもうひと組も伏見町《ふしみちょう》の裏路地で腰高障子が燃え上が

っているのに気づいて水をかけて消した。

仲之町の水道尻でふた組が顔合わせをして報告し合った。

「ひとりの仕事じゃねえな、ともかく火つけ野郎をとっ捕まえるんだ」

番方が会所の若い衆に気合を入れて、ふたたび蜘蛛道へと散った。


旗本五千石巨勢《こせ》家の下《しも》屋敷は南、西、北側を水堀で囲まれていた。

萬亀楼の御寮を出た四郎兵衛と幹次郎は水堀沿いに大川へと向かっていた。

虫の集《すだ》く声が水堀に響いていた。

中之郷竹町と霊光寺の間の路地から人影がひとつ現われた。

幹次郎は着流しの痩身《そうしん》に危険な臭いを嗅ぎ取った。

「四郎兵衛様、寺の塀に身を寄せてくだされ」

と願った。

「なんぞ御用かな、物盗り追剝《おいはぎ》が出てくる刻限ではあるまい。増太郎を責め殺した手合いか」

相手が舌打ちし、言った。

「吉原会所の用心棒だな」

「いかにもさようだ」

「殺す」

と相手が吐き捨てた。

「ほう、威勢《いせい》がいいな」

「真岡の円蔵の仇だ」

「そなた、あやつの仲間か」

「弟よ」

「なんと、弟であったか。そなた、あの者がどうなったか、承知だな」

「兄貴を殺したのはおめえか」

「仇討ちか、やめておけ。それがしのほうにも増太郎を殺した仇がある、親父どのから仇討ちの許しを得ておる。そなたか、兄の円蔵か、増太郎を始末したのは」

「兄貴は逸り立ち過ぎたようだな。おれがいれば、そんな半端仕事はさせなかったぜ」

と弟が言い切った。

「そなたの名はなんだな、三途の川を名無しで渡るのも寂しかろう」

「真岡の吉五郎《きちごろう》だ」

「吉五郎、仲間はおらぬのか。それがし、いささか手強いぞ」

「仲間は兄の円蔵だけだった。兄貴の奴、おれが小伝馬町《こでんまちょう》の牢屋敷から出てくるのを待ち切れず武家なんぞと組みやがった。おりゃ、侍の用人なんぞ信用していねえ」

「そなた、それがしと円蔵がどこで立ち合ったか、承知か」

「それがどうした」

「円蔵とふたりの剣術家と、相州《そうしゅう》鎌倉にて戦った。仕掛けたのはそれがしではない、そなたの兄貴の円蔵だ」

「相州鎌倉だと、江戸ではないのか」

吉五郎が訝しそうな声を出して問うた。

「三人とも、さる寺の墓地に手厚く葬った」

「余計なことを」

と言った吉五郎が着流しの背中に両手を回し、抜身の匕首《あいくち》を左右の手に握った。

右手の匕首は逆手《さかて》に、左手はだらりと刃を垂らして下げた。

幹次郎は津田助直を抜いて峰《みね》に返し、八双《はっそう》に取った。

「吉五郎、この戦いは互いが仇討ちだ。勝負は一度だけ、尋常《じんじよう》勝負だ。よいな」

返事もせずに吉五郎がいきなり間合を詰めてきた。

幹次郎は動かない。

ただ戦いの間合に入るのを待った。

両手の匕首が宵闇の中で煌《きら》めいた。

次の瞬間、津田助直が振り下ろされて、寸毫《すんごう》の差で吉五郎の肩を砕《くだ》いて押し潰していた。

そのとき、遠くで女の悲鳴がした。

「四郎兵衛様、萬亀楼の御寮に戻りませぬか」

助直を鞘に戻しながら、幹次郎が言った。

四

萬亀楼の御寮に戻ると、老女が放心状態で両目を見開いて死んだ勇左衛門を見つめていた。掛け布団が剝《は》がれ、俯《うつぶ》せの寝衣《しんい》の胸に短刀が突き立って床が真っ赤に染まっていた。勇左衛門の両手には短刀が握られていた。

最後の力を振り絞って短刀の切っ先を心臓《しんのぞう》に当て、上体《じょうたい》を床に投げ出すようにして自分の体の重みで自裁《じさい》したと思えた。

勇左衛門は、増太郎に吉原の秘密を告げた罪を負い、自らの命で贖《あがな》った。それは雄二郎に萬亀楼を継がせる、

「代償」

としての所業だと四郎兵衛も幹次郎も理解できた。

四郎兵衛が血塗《まみ》れの骸に掛け布団をかけた。

「七代目、しばらく勇左衛門さんを見ていてくれませんか、政吉船頭に萬亀楼の主と同心桑平市松どのを呼びに行かせます」

と幹次郎が願い、四郎兵衛が頷いた。

幹次郎は大川端に待たせた牡丹屋の船頭政吉にふたつの伝言を願った。

ひとつは、萬亀楼の実質的な主の雄二郎に父親の死を告げること、ふたつ目は、八丁堀の桑平市松に萬亀楼の御寮で起こった勇左衛門の自裁の模様を知らせることだった。

「心得たぜ」

政吉船頭が吾妻橋下の大川左岸から上流へと猪牙舟を一気に漕ぎ上げて姿を消

した。

政吉は牡丹屋に戻ると、若い衆を萬亀楼に走らせて川向こうの御寮で起こった事実だけを雄二郎に告げるように命じた。同時に政吉自らは、大川に戻って流れに乗ると、八丁堀へと急行した。

一方幹次郎が萬亀楼の御寮に戻ると、四郎兵衛が布団を血塗れの勇左衛門の体にかけただけで、枕辺に線香を用意させて勇左衛門に手向けていた。

「待つしかございませんな」

四郎兵衛が幹次郎に言った。

幹次郎が頷いた。そこへ老女おくめが貧乏徳利と茶碗をふたつ持ってきた。

「おまえさん、たしか萬亀楼の番頭新造を務めていたね」

四郎兵衛が老女に尋ねた。

幹次郎が吉原会所と関わる以前、遠い昔のことだった。

「はい」と答えた老女が、

「四郎兵衛様、吉原の女郎時代の名は忘れました。旦那がこちらに療養に来るときに誘われて、親がつけたくめに戻りましたさ」

と答えた。

「こちらには増太郎さんがしばしば姿を見せたそうだね」

四郎兵衛の問いにおくめが頷いた。

「最後に顔を出したのはいつだね」

「ひと月ちょっと前でしたかね」

「増太郎さんがどうなったか、承知かね」

「この界隈の御用聞きが知らせてくれましたから、旦那には知らせず私が身許を確かめに行きました」

「増太郎さんの死を旦那に言うなと、だれかから口止めされましたかな」

「若旦那の雄二郎さんに。親父が驚いて病が進むといけないと言われて、私は承知しました」

と答えたおくめが、

「でも、旦那は増太郎さんの死をなんとなく承知でした」

「おくめさん、おまえさんがそれとなく知らせたか」

いえ、と首を横に振ったおくめが、

「何日か経ったころ、若旦那から文が届けられましたから、その中に書いてあったと思います」

と言った。

「雄二郎さんは、兄の骸を確かめたんだね」

四郎兵衛の問いにおくめが頷いた。

「あの夜、雄二郎さんはこちらには姿を見せることはなかったのですな」

「はい。こちらにはお見えになりませんでした。若旦那は兄の増太郎さんを毛嫌いしていましたからね、旦那が増太郎さんに会うのを嫌がっておいででした」

とおくめが答えた。

「おくめさん、増太郎さんが最後にこちらを訪ねた日も、やはり金の無心だったのかね」

四郎兵衛は勇左衛門から聞いた話をおくめに念押しした。

「増太郎さんの用事はそれしかありません。ですが、旦那はお金を持たされておりません。若旦那の使いが十日に一度私に届けるのは、こちらでの暮らしの金子だけでしたから」

勇左衛門の言葉をおくめが裏づけた。

「最後の折りの増太郎さんの様子はどうでしたな」

「いつも以上に追い詰められたような顔つきでした」

「帰りがけ、増太郎さんに会いましたか」

「戸口まで見送りましたから」

「増太郎さんはなにかそなたに言いましたかな」

おくめはしばし口を閉ざしていたが、

「おくめ、おれが親父のところに訪ねてくるのはこれが最後かもしれないなって、言い残して帰られました」

御寮を出た増太郎は、若年寄用人船村右近兵衛の手の者に捕まって喋らされ、始末されたのだ。

幹次郎は、短くなった線香の代わりに新しい線香を手向けた。

「勇左衛門さん、酒を頂戴しよう」

四郎兵衛が言い、幹次郎がふたつの茶碗に注ぎ分けた。そして、四郎兵衛とおくめの前に置いた。

おくめは酒好きか、なんともいえない眼差しを自分の前に置かれた茶碗にちらりと向けて、

「会所の侍は呑まないのかね」

と幹次郎に尋ねた。

「務めがあるでな。それがしに遠慮せずに呑んでくれぬか。旦那もそう望んでいよう」

幹次郎の言葉におくめが茶碗を手にした。

「おくめさん、そなた、行き先はありますかな」

四郎兵衛が茶碗酒を手に尋ねた。

「旦那は、私の死んだあと、この御寮の留守番をするといいと言われましたが、若旦那は厳しい人ゆえ、どうなるか分かりません」

おくめは不安を口にした。

「雄二郎さん次第だが、わしが口添えしてみようか、どうだな」

おくめが四郎兵衛に頭をぺこりと下げた。

萬亀楼の雄二郎が飛び込んできたのは、その直後だ。そして、その場に吉原会所の頭取と幹次郎がいることに不審な目を向けた。

「ちょいと親父様の知恵を借りに来ましてね、用事が済んで辞去したあとに、おくめさんの悲鳴を聞いたのです。戻ってみたら、勇左衛門さんがこのように自裁されておりました」

「自裁ですと。七代目、あなた方に会った直後に親父が自裁したとしたら、あなた方の用件と関わりがあるのではないですか」

雄二郎が詰問した。

「ないとは言えますまいな」

四郎兵衛が淡々《たんたん》とした口調で応じた。

「ようもそのようなことをぬけぬけと。七代目、親父に会った用件はなんですね」

雄二郎の口調は責め立てるように激しかった。

「おまえ様の兄、増太郎さんの一件です」

「あやつが親父の死とどう関わってくるのです」

「雄二郎さん、そなたは、増太郎さんの死を最初勇左衛門さんに知らせないよう口止めされたそうな。結局弔いを内々に済ませたあと、文で知らせた。そうですな。その折りから勇左衛門さんは自死を考えておられたのではないですか」

「兄は、いえ、増太郎はうちにとって疫病神《やくびょうがみ》でした」

と雄二郎が喚《わめ》くように言い、

「七代目、お引き取り願いましょうか。あとはうちで弔いを出しますでな」

と四郎兵衛に命じた。

「待ち人がございましてな」

「だれを呼ばれたというのです」

「町奉行所の同心どのです。勇左衛門さんの死は自裁です。ですがね、雄二郎さん、増太郎さんのほうは殺しだ」

「七代目、吉原会所は、川のこちら側にまで首を突っ込まれますので」

「雄二郎さん、吉原に関わった殺しだとしたら、私どもは川のこちら側であろうとなかろうと調べます。とはいえ、公にはなんの権限もない。ゆえに南町奉行所の同心どのを呼びました」

「増太郎が殺されたのは、私は骸を見ましたから承知です。ですが、親父の自裁になぜ南町が出張《でば》られます。いや、なぜ吉原会所が関わります」

「勇左衛門さんの自裁が増太郎さんの殺しと関わりがあるとしたら、どうなりますな」

「な、なんと」

「雄二郎さん、ここは町奉行所のお調べを願っておいたほうが、あとあと面倒が起こりますまい」

雄二郎は、なぜ四郎兵衛らがそう言い切るのか、分からないまま黙り込んだ。

「お役人が参られるにはもう少し時がかかりましょう。雄二郎さん、ちょいとお尋ねしてようございますか」

「お調べですか」

「いえ、昔話とでも思ってくだされ。二十年も前、萬亀楼に船村右近兵衛というお方が馴染で見えていたのを覚えておいでですか」

「船村様とは若年寄青山様の用人様ですか」

「いかにもさようです」

「船村様を親父は信用して、出世払いで接待などを手伝っていたようですな。だが、何年か前の火事のあと、うちを袖にされて吉本楼に鞍替えされた。腹立たしいかぎりです」

「ただ今船村様が萬亀楼に登楼なさることはございませんな」

「ありません。昔の借財は残ったままです」

と悔しげな顔で言い切った。

「増太郎さんはしばしば吉原に出入りしていたそうですが、ご存じございませんか」

「そんなはずはありません。どの面《つら》下げて大門を潜れるというのです」

「さようですな」

四郎兵衛がいったん問いを終えた。

四郎兵衛は、雄二郎が御免状の『吉原五箇条遺文』の存在を承知か、船村や増太郎の名を挙げて遠回しに質したのだ。

「親父様の通夜と弔いは、こちらの御寮でなされますな」

その問いに雄二郎が四郎兵衛を見返した。

「なんぞ会所が関わると言われますか。この数年親父は、こちらで寝たきりの病人でした。そう賑々しく通夜や弔いをすることもございますまい。役人の調べが終わったらこちらで内々に執《と》り行います」

雄二郎の言葉に四郎兵衛が得心したように頷いた。

「雄二郎さん、勇左衛門さんからそなたへの代替わりの届けが未だ会所に出ておりません。ゆえに萬亀楼の当代は、ここにおられる勇左衛門さんです」

「なにを言いたいのです、七代目」

「一応実情を申し上げたのです」

「親父はかように身罷《みまか》りました。私にどうしろと言われるのです」

「弔いがお済みになったころ、一度会所でお話し致しましょうかね、雄二郎さん」

「萬亀楼の代替わりにも会所が嘴《くちばし》を入れなさるか」

しばし四郎兵衛が間を置いて、

「親父様から亡くなる前に私宛の書状を預かっております」

「会所は萬亀楼をどうしようというのです」

「元吉原以来の萬亀楼さんです。親父様の意向に従って穏やかに代替わりが済むことを願っておりますよ」

四郎兵衛が応じたとき、萬亀楼の御寮の門前に人の気配がした。

幹次郎が出迎えに立つと、桑平市松同心が同輩を連れて立っていた。

「おお、神守どの、この者、本所界隈を担当する北町奉行所定町廻り同心二木光次郎どのだ。以後、宜しくな」

と紹介した。

二木は、桑平よりいくつか若い感じがした。

「吉原会所の下働き、神守幹次郎にござる」

「下働きですか。吉原の裏同心どのは、面番所の隠密廻りなど屁《へ》とも思っておられぬそうな」

「滅相《めっそう》もございません。南町の村崎季光どのにはいつもご指導を授かっております」

「その村崎が無役に左遷されることが内々に決まったのだが、どういうわけかまたまた元の鞘に収まった。あれはどういうことかのう、裏同心どの」

二木が苦虫《にがむし》を噛み潰したような表情で言った。

「さあて、それは」

「吉原会所にとってこざかしい与力や同心などより、手慣れた村崎どのが与《くみ》しやすいのであろう」

桑平が平然として言い放った。

「桑平どの、滅相もない。吉原会所が奉行所の人事をうんぬんするなど畏れ多いことですぞ」

「そう聞いておこうか」

桑平が言い、線香の香りが漂う座敷に入った。

四郎兵衛と雄二郎が畏《かしこ》まって迎えた。

そのふたりに頷き返した桑平が、掛け布団をいきなり剝いだ。

「ひえっ」

短刀が胸に刺さった父親の血塗れの姿を初めて見た雄二郎が悲鳴を上げた。

「萬亀楼の主に間違いないな」

桑平が雄二郎に念を押した。

「ま、間違いございません」

「七代目、そなたら、何用あって萬亀楼の御寮を訪ねておったな」

桑平の語調はいつもより険しかった。第三者の雄二郎がその場にいるせいだ。

「桑平様、病が重いと聞いておりましたので見舞いに参りました」

四郎兵衛の受け答えもそれに合わせて丁寧だった。

「見舞いな。勇左衛門はそなたらの目の前で自裁したのか、それともすでに自裁しておったのか」

いいえ、と答えた四郎兵衛は見舞いが済んだあと、御寮を離れたところで老女おくめの悲鳴を聞いて駆け戻ったことを告げた。

「そなたらが辞去したあと、自裁したとな。なにゆえだ」

「勇左衛門さんは勘当した嫡男の増太郎さんの死に衝撃を受けておられました。むろん自分も先行きが長くないことを悟って気落ちしておられました」

「増太郎もこの界隈で殺されたのではなかったか」

桑平の視線が雄二郎に向けられた。

「はい、ひと月ほど前に」

「勘当された倅は何者かに殺され、病の父親は倅の死に耐え切れず自裁したか」

桑平の言葉は、北町の二木に聞かせるためのものだった。

「お役人様、ずいぶん昔に親族一同の前で増太郎は勘当されたのです。もはや倅でも兄でもございません」

と雄二郎が言い切った。そして、

「なぜこの場に吉原会所の七代目と神守幹次郎の旦那がおられるのか、私には理解ができません。その上、このおふたりがここを出た直後に親父は自裁しております、どういうことでございますか、お役人様」

と言い添えた。

「最前お役人様にお見舞いと申し上げませんでしたかな」

四郎兵衛の言葉は淡々としていた。

「四郎兵衛、なんぞ他に曰くがあるのか」

しばし沈黙した四郎兵衛が、懐から自分に宛てられた勇左衛門の書状を出し、

「本日、預かったものにございます。未だ私、封を披《ひら》いてございません。疑念が

あれば桑平様、お検《あらた》めくだされ」

と差し出した。

「わしが先に読んで差し支えないな」

と桑平が念を押し、

「ございません」

と四郎兵衛が言い切った。

桑平がゆっくりと黙読して、無言で同輩の二木に回した。

しばし場を沈黙が支配した。

桑平が口を開いた。

「認められたのは、増太郎の死を知らされた直後のようだな」

四郎兵衛が曖昧《あいまい》に頷いた。

「萬亀楼の跡継ぎを雄二郎に正式に譲り渡すゆえ、吉原会所の頭取四郎兵衛に尽《じん》力《りよく》を願う文であった」

「つまりは、この骸の主は、すべて覚悟して自裁したと見えますな、桑平どの」

と二木光次郎が同意を願った。

南町奉行所が担当した増太郎殺しと勇左衛門の自裁は、直接関わりがないと告げていた。二木の胸の中に増太郎殺しは深く追及するなという考えがあってのことだろう。桑平はそのことを北町奉行所の同心に言わせるために同行を願ったのかと、幹次郎は得心した。

桑平が無言で首肯した。

雄二郎が狼狽の表情で桑平を見、四郎兵衛に視線を移した。

なんとも哀惜《あいせき》に満ちた人間模様の夜が更けていった。

第四章　小さな騒ぎ

一

四郎兵衛と幹次郎が吉原会所に戻ったのは、四つ過ぎの刻限だった。

大門は引け四つ（午前零時）前に閉じられるので、未だ開かれていた。

吉原会所に入ると若い男がふたり、縄で手と足を縛られて土間に転がされていた。

「お帰りなさい」

と番方の仙右衛門が迎え、四郎兵衛が目顔で、

「何者か」

と尋ねた。

「火つけをなした野郎でございますよ。本日三か所で火つけを繰り返し、昨日の火つけも自分たちの遊びと認めています、だれに頼まれたか白状しません。なあに、この手合いが遊びで火つけを繰り返すわけもねえ。だれぞに小銭をもらって唆されてやったに決まってます。七代目がお戻りになって、ご判断を仰《あお》ぎたいと、体に聞くことは控えておりました」

仙右衛門が報告した。

その言葉を聞いた四郎兵衛が、

「火つけを遊びでできますかね。捕まれば獄門《ごくもん》覚悟のことですよ。この若い衆も知らないわけじゃありますまい」

とふたりの男の顔を睨んだ。

顎《あご》が突き出たほうは四郎兵衛の視線を避けて、顔を背《そむ》けた。だが、もうひとりの丸顔は、

「遊びで火つけして悪いか。大火事になったわけじゃなし、おれたちを解き放て」

と嘯《うそぶ》いた。

「ほう、元気がようございますな。それにしても世間を知らないにもほどがあ

る」

と応じた四郎兵衛が、

「町奉行所の牢問いに劣らず、公儀からただひとつ認められた御免色里の罰もそれなりにきつうございますよ、火つけの手足を一本二本叩き折ったところで町奉行所はなにも申されません」

「やってみやがれ」

「どうやら吉原会所の力を分かっておらぬようだ。おまえさんから先に試しなさるか」

と丸顔に向かって訊いた。ふーん、とそっぽを向いた丸顔に、

「だれか痛めつけてやりなされ」

と命じた。

若い衆によって寝転がされていたふたりが乱暴に上体を摑《つか》まれて起こされ、足を投げ出す恰好《かっこう》で座らされた。

金次が木刀《ぼくとう》を手に、

「わっしに任せてくれませんか、七代目」

と願った。

「ちょっと待ってください」

澄乃が声をかけ、

「金次さんの馬鹿力で殴《なぐ》ったら、この衆の骨が何本も折れますよ。ここは私にお任せください」

と金次に願った。

「なに、見習いの分際《ぶんざい》でおれの代わりを務めようってか」

金次が、むすっとした顔で澄乃を睨んだ。

「この前だって金次さんは木刀で掏摸を殴って片足の骨を砕いたじゃないですか。あの人、これからの暮らし、松葉杖《まつばづえ》なしでは身動きもできませんよ」

「なに、おれが掏摸を殴って片足の骨を折ったって。そんなことあったか」

と首を傾《かし》げた金次がようやく澄乃の魂胆に気づいて、

「おお、忘れていたぜ。あいつ、一生松葉杖だよな。けどよ、澄乃、吉原で掏摸をすることがいいことか」

「それでも足の骨を叩き折るのは惨《むご》うございます」

「火つけはどうだ、澄乃」

「火つけは吉原でいちばん重いご法度《はっと》破りです」

「ならば、おれがこやつらの手足を叩き折っても文句はねえな」

「いえ、ここは女の私が前座を務めます」

澄乃は土間の隅から太い麻縄《あさなわ》を持ってきた。その麻縄は水に浸けられていたとみえて、水滴《すいてき》が、ぽたりぽたりと落ちた。

「おい、澄乃、そいつで殴ろうって話か」

「骨は折れませんし、肌にみみず腫《ば》れが残る程度です。その代わり五臓六腑《ごぞうろっぷ》がずたずたに傷ついて、並みの男ならのたうち回るほど苦悶《くもん》します。金次さん、一度試してみます」

澄乃が麻縄を振った。

びゅん
と空気を切り裂く音が響いて、ふたりの男たちが身を縮ませた。

幹次郎が口出ししたのはそのときだ。

「澄乃、そなた、父親譲りの剣術の腕前だけかと思っていたが、さような芸も承知か」

「この技は父から習ったわけではございません。私が考えた技です。木刀や刀がなくても、麻縄一本あれば、かような火つけどもは泣き叫んで悲鳴を上げます。

見ていてください」

もう一度虚空《こくう》に濡れた麻縄を振り、丸顔の火つけの前に立った。

「そなた、名はなんですね」

「脅されて名を白状する横川《よこかわ》の仙吉《せんきち》じゃねえや」

動揺してか、思わず名乗っていた。

「威勢が宜しゅうございますね、仙吉兄さん」

さらにもう一度、澄乃が麻縄を仙吉の顔の前で振った。

「ああー」

と声を上げたのは金次だ。

「この顎長野郎、座り小便をしやがったぞ」

みんなが顎長を見た。手足を縛られて座らされた股間《こかん》から小便の臭いがして土間に広がっていった。

「澄乃、さっさとやらねえか。うちは厠《かわや》じゃねえ。こやつも小便をしやがったら事だ。おれが吐かせてやるぞ」

「では早速」

金次の喚き声に澄乃が麻縄を構えた。

「や、やめてくれ、喋るからよ」

と叫んだのは仙吉だ。

「喋りなされ」

澄乃が麻縄を構えたまま言った。

「知らねえ男に二分《ぶ》をもらって火つけの真似ごとをしたんだよ。うまくいったら一両をくれるって約束なんだよ」

仙吉が澄乃を見ながら訴えた。

「仙吉とやら、澄乃の麻縄で五臓六腑をずたずたに打ちのめされるか」

幹次郎が仙吉に質した。

「ほ、ほんとうだって。裏同心の旦那」

仙吉が、幹次郎のことを承知かそう応じた。

幹次郎はしばし間を置いて仙吉に言った。

「そなたが喋らんでも会所は一向に構わん。そなたに火つけをやらせた者は、それがし、すでに承知ゆえな」

仙吉が幹次郎を見上げた。

「おれたちが知らねえ野郎を裏同心の旦那が知るわけもねえや」

「そうかな、それがしが口にする前に吐かぬか、そうか、吐かぬか。ならば、言おうか。暗がりの規一郎だな」

仙吉の不安の顔色が、さあっ、と恐怖へと変わった。

仙右衛門は、この火つけどもは、幹次郎が独りで探索する事件と関わりがあるのではないか、と悟った。

「規一郎の親父は、御用聞きとやくざ者の二足の草鞋の南本所番場町の本所の源助、都合の悪いことは倅の規一郎にやらせる。うちがやらんでも、そなたらもこたびのしくじりで大川に骸を曝すことになろう。規一郎の残酷無情《ざんこくむじょう》は、手加減なしじゃからな」

仙吉ががたがたと身を震わせた。小便を漏らした顎長は、もはや恐怖と恥ずかしさに身の置き所もない。

「澄乃、麻縄で殴るのは無駄だ。金次、こやつを大門の外に放り出せ」

幹次郎が命じた。

「そ、それだけは許してくんな。本当に殺される」

仙吉が幹次郎に哀願《あいがん》した。

「そなたらが助かる途《みち》があるとしたら、すべてを喋ることだ」

「おまえさんの言ったことは間違いない。おれたちは源助親分の賭場に借りがあるんだ。その催促《さいそく》に逃げ回っていたが、二、三日前浅草寺の境内でとっ捕まってよ、吉原の火つけを暗がりの規一郎に命じられた。だがよ、火つけで捕まれば、悪くすれば獄門は覚悟しなきゃならねえ。顎長の庄吉《しょうきち》といっしょに大火事にならない程度の悪戯で、なんとか誤魔化してきたんだよ。でもよ、こんど暗がりに捕まったら、おれたち、生きてはいられねえと脅されていたんでよ。廓の中のあちこちに逃げ隠れしながら、言い訳程度に火つけの真似ごとをし続けていたんだよ」

しどろもどろに言い訳した。

「そなたらの命の代償にしてはいささか足りぬな」

仙吉がじいっと幹次郎を見た。

「ほんとうにおれたちの命を助けてくれるか」

「話次第だな」

と言った幹次郎が、

「番方、こやつの身を少しの間、それがしに貸してくれぬか」

「どうする気です、神守様」

「こやつらが火つけをした天女池に連れ出したい。いかぬか」

仙右衛門が四郎兵衛の顔を窺《うかが》った。

「神守様に考えあってのことでしょう」

四郎兵衛が言い、仙右衛門が頷き返した。

「澄乃、すまぬがこやつの縄尻を取って、会所の裏口から天女池まで、それがしと同道してくれぬか」

と願った。

幹次郎は、麻縄を手にした澄乃を伴い、会所から消えた。

四半刻後、戻ってきたのは仙吉を連れた澄乃だけだった。

「神守様はどうした、澄乃」

「いささか用事ができたと大門を出ていかれました。この火つけふたりは、数日どこぞに幽閉《ゆうへい》しておいてほしいと言づけがございました」

「澄乃、神守様の尋問《じんもん》の場におまえも立ち会ったか」

「いえ、遠ざけられて神守様ひとりが尋問をされました」

「仙吉がなにを喋ったか知らぬのだな」

仙右衛門は念を押した。

はい、と澄乃が返事をして、仙右衛門は四郎兵衛に報告に行った。

幹次郎の伝言を聞いた四郎兵衛が、

「番方、ここは目を瞑って、神守様の好きにさせなされ」

へえ、と答えた仙右衛門が表に向かいかけ、

「吉原にとっての厄介ごとにございますか」

と念を押した。

しばし間を置いた四郎兵衛が大きく頷くと、

「この一件は事情を知る者が少ないほどよいのです。神守様の力を頼りにするしか手がないのだ、番方」

「分かりました。ふたりは決して廓の外には出しません」

仙右衛門は、さて、どこにふたりを幽閉したものかと考えながら表に戻った。


そのとき、幹次郎はふと思いついて柘榴の家を確かめておこうと、行き先を変えた。その手には澄乃から借り受けた麻縄があった。その麻縄を振りながら寺町へと下っていった。

(これはなかなかの得物だ)

浅草田町《たまち》一丁目の町屋から浅草寺の寺町を常夜灯の光で見通せるところに幹次郎が差しかかったとき、柘榴の家の門前に人影を見た。

幹次郎は常夜灯の灯りが届かぬ軒下に身を潜め足音を消して、柘榴の家の門前に近づいていった。

吉原会所や桑平市松と関わりが深い花川戸の吉兵衛親分の見張りももはやいなかった。無事に玉藻と正三郎の祝言が終わったこともあって、いったん警戒を解いていたのだ。

人影は、五人だ。ふたりは、浪人者に見えた。賭場の用心棒を連れてきたのか。ひとりが火縄をぐるぐると回しながら、もうひとりが柘榴の家の門を押し開けようとした。

浪人者ふたりは刀の鯉口を切った。

懐手の着流しのひとりが門前に残るようだった。

その男が幹次郎の気配に気づいた。

「神守幹次郎」

と漏らし、幹次郎が、

「暗がりの規一郎か」

と質した。

「ちえっ、先を越されたか。待ちねえ」

規一郎が四人の配下の者に柘榴の家に押し入る動きを止めさせた。

「そなたが吉原の火つけをやらせた横川の仙吉と顎長の庄吉は、うちの手にある」

と言った。

「ちっとは仕事ができるかと思ったが、抜け作だったたか」

「規一郎、増太郎を責め殺したのがそもそもおまえの間違いだったな。親父の勇左衛門どのは増太郎にあらぬことを喋った咎を悔い、自らを罰して自裁した。おまえは、勇左衛門どのと増太郎、ふたりの仇である」

「抜かせ」

暗がりの規一郎は、神守幹次郎をどうしたものか迷っている風だった。間違いなく吉原会所の裏同心の剣術の腕を承知しているはずだ。

「いつかはてめえと事を構えなきゃなるめえと思っていた」

と言った規一郎が柘榴の家の火つけを命じた手下らに、

「こやつを始末するのが先になった」

と言った。

規一郎が懐から手を出した。そして、手にしていた鉄鎖《てつさ》の得物を垂らした。

幹次郎は名だけを知る古い武器と初めて対決することになった。

棍飛《こんぴ》。

先端に五、六十匁《もんめ》（約二百グラム）の鉄玉分銅《ふんどう》がつけてあり、三尺（約九十一センチ）余の鎖《くさり》の手許の円環が持ち手だ。この持ち手は、鎖のよじれを戻す役目も果たした。

「おめえら、こやつを牽制《けんせい》しねえ」

配下の四人に命じた規一郎が鉄玉分銅をぐるぐると回し始めた。

幹次郎は津田助直を抜かず、何気なく澄乃から借り受けてきた三尺三寸（約一メートル）ほどの麻縄を右手に持った。

「吉原会所の用心棒め、妙な得物を使いやがるぜ」

「棍飛ほど珍しくはあるまい」

「おめえ、棍飛を承知か」

「接したのは初めてだ」

幹次郎は、規一郎の動きを注視しながらも、規一郎の左右に分かれた浪人者が、刀をいつの間にか抜いていることを目の端で認めていた。

みゃうみゃう
と黒介が異変を感じたか鳴いた。

門奥で戸を開ける音がした。

「姉様、麻、出てくるでない。戸をしっかり閉じて、じいっとしていよ」

と奥へかけた幹次郎の声に戸がふたたび閉じられる気配があった。

その瞬間、幹次郎の右手の用心棒浪人が八双の構えから剣を振り下ろしながら突っ込んできた。

幹次郎の濡れた麻縄が撓《しな》って浪人の左耳を、
ばしり
と殴りつけたのが先だった。

うっ、と呻《うめ》いた浪人者がよろけ倒れた。

次の瞬間、規一郎の棍飛の鉄玉が幹次郎に飛んできた。

幹次郎は浪人を叩いた麻縄を手許に引きながら、棍飛の鎖に絡めた。ために幹次郎は、鉄玉に直撃されずに済んだ。

規一郎が棍飛の円環を捻りながら手許に引き寄せた。

幹次郎もまた麻縄を構え直していた。
棍飛の鉄玉が最前の飛び方とは異なり、横手から幹次郎の顔面に向かって浮き上がって飛んできた。
幹次郎は麻縄の先端を、飛来する鉄玉を横手に払うように使ってみせた。見事麻縄の先端が鉄玉を叩き、鉄玉は方向を規一郎の顔面に変えて飛んだ。
がつん
と鈍《にぶ》い音がして鉄玉が規一郎の鼻を押し潰して横手に流れ、鎖が首に巻きついて、規一郎は、
ぐえっ
という呻き声をさせてその場に昏倒《こんとう》し、五体を痙攣《けいれん》させた。そして、
ぱたり
と動きを止めた規一郎が死んだことは、だれの目にも明らかだった。
「おのれの飛び道具の鉄玉を食らい、鉄鎖に首を絞められて死んだとあれば、自《じ》業《ごう》自《じ》得《とく》じゃな」
幹次郎の言葉を、火つけをしようとしていたふたりと浪人ひとりは無言で聞いていた。

「どうするな、そなたら」

相手からなんの答えもない。ひとりの浪人は茫然自失《ぼうぜんじしつ》して、麻縄で打たれ気絶した仲間を見下ろした。

「仲間か」

相手がようやく頷いた。

「活《かつ》の入れ方くらい承知していよう」

がくがくと頷いた浪人が仲間の背中に膝頭で活を入れて意識を取り戻させた。麻縄で殴られた浪人は苦痛に顔を歪めて、きょろきょろと辺りを見回した。

「よく聞け」

幹次郎は、ようやく立ち上がった浪人とその仲間に麻縄を突きつけながら、

「そなたら、もはや源助のもとへ帰っても用心棒稼業は務まるまい。規一郎の死を手もなく見ていただけでは言い訳もつくまいからな。江戸から立ち去るのが無《ぶ》難《なん》であろう」

幹次郎の顔を窺ったふたりの浪人は、浅草寺のほうへよろよろと歩み去っていった。

二

「さて、おまえたちの始末だな。浅草寺の寺領にあるわが家に火つけをしようとした罪軽からず。暗がりの規一郎同様に、この麻縄を使い殺すこともできぬわけではない。じゃが、規一郎の骸をわが家の前に放置されても迷惑至極、かような悪党でも親がいよう。暗がりの規一郎の骸を父親、本所の源助のもとに引き下げることを許す」

火縄を持っていた手下ともうひとりが規一郎を両脇から抱えた。山谷堀《さんやぼり》に舟を舫《もや》っているのか、そちらへとずるずる引きずっていこうとした。

「待て」

と幹次郎がそれを止めた。

「本所の源助に伝えよ」

火縄を持っていたひとりが幹次郎を見た。

「よいか、一度しか言わぬ。美濃郡上藩江戸藩邸の用人船村右近兵衛は、そなたらの親分源助を使い捨てにする気だ。船村は、吉原のさる楼の主とひそかに手を組んでおる。御用聞きと渡世人の二足の草鞋を履く者など、暗がりの規一郎が死んだ今、生かしておいても厄介が生じるだけだ。ゆえに面倒が生じぬうちに源助も始末する気だとな。分かったか」

手下のひとりががくがくと頷いた。

「行け」

手下ふたりが首に棍飛を巻きつけたままの規一郎の骸を引きずって山谷堀の方角へと向かって消えた。

幹次郎は騒ぎが鎮まった柘榴の家の門前から門を押し開けて、両側に雪洞《ぼんぼり》の点った飛び石を歩いて戸口に向かった。

格子戸の向こうに懐剣を構えた汀女と麻と黒介が待ち受けていた。

「騒ぎは済みましたか」

「終わった」

麻が幹次郎の大小を受け取ろうと手を差し出した。

「じゃが、それがしの用事は終わっておらぬ。姉様、麻、神守幹次郎は、この刻限に柘榴の家へと戻り、夕餉のあと眠りに就いた。そして、明朝、津島傳兵衛道場に朝稽古に参った」

麻が幹次郎の言葉が分からぬという顔で見た。

「幹どの、鎌倉の一件でございますね」

と汀女が訊いた。

「姉様、鎌倉の一件など知らぬな」

「おや、私の勘違いにございましたか」

「勘違いじゃ」

幹次郎はそう言うと大小の代わりに麻縄を玄関土間の隅に置いて、黒介の顔を撫でるとふたりに頷き返し、ふたたび柘榴の家を出ていった。

その後ろ姿を見送りながら、

「姉上、本日の幹どのの言葉は、麻には理解できませぬ」

「会所の仕事は多様です。かようなときは黙って幹どのの言葉を聞き、事が終わるのを待つしかございません、麻」

と言い聞かせた。

四半刻後、幹次郎の姿は南本所番場町にあった。

南本所番場町は、吾妻橋下の大川左岸の河岸道付近に二か所に分かれてあった。

北町奉行所から鑑札をもらう御用聞き、本所の源助の家は、河岸道に面し、普《ふ》賢《げんじ》寺の塀に接してあった。

暗がりの規一郎の骸が運び込まれたのは、この家だった。

規一郎の骸を引きずった手下ふたりが山谷堀に泊めた猪牙舟に骸を乗せる間に、幹次郎は、柘榴の家から船宿牡丹屋に駆けつけ、政吉船頭に猪牙舟を仕立てさせた。

牡丹屋は吉原会所の御用達、いや、会所とは一心同体ともいえる船宿だ。だから深夜であろうと夜明け前であろうと、舟を頼んでも驚きもしない。

「神守様、どこへ行くね」

と政吉が尋ねた。

「ただ今、骸を乗せた一艘《そう》の猪牙がこの前を通り過ぎよう。そのあとを尾《つ》けてくれないか」

「なに、骸が乗った猪牙だって」

「行き先はおよそ見当がついている。南本所番場町だ。十手持ちとやくざの二足の草鞋を履く本所の源助の家に運び込まれると思う」

「ならば、竹屋《たけや》ノ渡し辺りで待っていようか」

幹次郎を乗せた牡丹屋の猪牙舟が今戸橋を潜って隅田川下流へと曲がり、渡し場に潜んでいると、えらく慌てた様子の猪牙舟が政吉船頭の猪牙舟の前を通り過ぎていった。

最前幹次郎に脅された手下のひとりが櫓《ろ》を操り、もうひとりが胴の間に寝かされた暗がりの規一郎の骸をおろおろしたような顔つきで見ていた。

「あれか、神守の旦那」

「間違いない」

政吉船頭は灯りを点した舟に間を置いて従った。

というわけで難なく幹次郎は、本所の源助の家を見つけることができた。二足の草鞋を履くとはいえ、相手は北町奉行所から鑑札を授けられた十手持ちだ。

(どう始末したものか)

幹次郎は頭を悩ました。

規一郎が運び込まれた家の中から源助の怒鳴り声が響いてきた。ついでに女の泣き声も聞こえてきた。

規一郎の母親だろうか。

「なんだと、てめえら、吉原会所の用心棒ひとりに規一郎が殺されるのを見ていたのか」

手下ふたりがぼそぼそと言い訳をする声は、幹次郎にも聞こえなかった。

「なに、用心棒侍も役立たずだったのか。その上、会所の裏同心風情《ふぜい》に脅されて江戸を立ち去ったと」

手下のひとりは、幹次郎が源助に伝えよと言った言葉をしどろもどろながらなんとか伝えた。

「船村の旦那が吉原の楼と手を組んでやがると、そやつが抜かしたか」

源助が不意に沈黙して考え込んだ。

「畜生、本所の源助を舐めやがったな」

と喚いた源助が、

「おみつ、規一郎に湯灌《ゆかん》をさせねえか。てめえら、いつまで規一郎の首に梶飛を巻きつけておくんだ」

と怒鳴り上げた。そして、

「おい、今晩、賭場はそろそろお開きにしろと代貸《だいがし》に命じな。船村の用人だけは残しておくんだ。いいか、なにも言うな、おれが大事な用があると伝えるだけでいい」

そんな源助の怒鳴り声のあと、戸口から子分のひとりが飛び出してきた。

幹次郎はその子分のあとをひそかに尾けた。

この大川左岸の南本所界隈は、寺と町屋が混在していた。

源助の家から東に四、五丁（約四百四十〜五百五十メートル）入った辺りに肥《ひ》前《ぜん》平戸《ひらど》藩松浦《まつら》家の下屋敷と抱《かかえ》屋敷があって、この界隈では、

「森屋敷」

と呼ばれるほど鬱蒼《うっそう》とした樹木に覆われていた。

そんな「森屋敷」に接して破《や》れ寺《でら》があり、ここが本所の源助が倅の規一郎にやらせていた賭場だった。

賭場特有の高揚《こうよう》した気配が漂っていた。だが、不意に十数人の客たちが破れ寺から姿を見せて不満の声を上げながら、それぞれ夜の闇の中に散っていった。

幹次郎が破れ寺に入ると、

「わしにツキが回ったところで早仕舞いとはなんだ」

と武家方の声が響き渡った。

「ご用人様、わっしらも聞かされてないんで」

と使いの声が応じた頃合、十手の代わりに長脇差を差した源助が姿を見せた。

「客は帰ったな」

と源助が代貸に質していた。

「源助、なにがあったのだ」

船村右近兵衛の声がした。

だが、源助はなにも答えなかった。

しばらく重苦しい空気が緊張の解けた賭場に広がった。

「親分、どうしなさった」

声の主は代貸のようだ。

「代貸、先におれの家に戻っていねえ」

「なにがあったというのだ」

とまた船村用人の声が質した。

「ご用人、倅の規一郎が死んだんでございますよ」

悲鳴が上がった。

代貸か。

「だ、だれが規一郎を」

と質す船村用人の声が切迫していた。

「代貸、家に戻って規一郎の顔を見てやりねえ」

と命じた源助の声はすでに平静に戻っていた。それだけに代貸たちもそそくさと帰り仕度をした。

破れ寺に残ったのは、源助と船村右近兵衛のふたりだけだ。

「どうしたのだ、源助」

「ご用人、わっしはこんどの一件では結構危ない橋を渡り、おまえさんに忠義を尽くしてきたつもりですがね、こんどは倅まで命を失う羽目《はめ》に陥《おちい》った」

「そなたの誠意は重々承知だ」

「いえ、そうではないらしいな」

「どういうことだ、源助」

「吉原会所の一件ですよ」

「それがどうした。四の五の抜かすと源助、そなたとて許しはせぬぞ」

「ほう、本音を漏らしたか」

「本音とはなんだ」

「おまえさんの主が老中になるには、それなりの金子が要るってんで、うちは随分と肩入れしてきましたな。一体いつ、殿様は若年寄から老中になりなさるのですね」

「老中に昇進するのはこれまでの昇進以上に難しいのだ、源助。だから、吉原会所の実権をなんとしてもわれらが握っておくことが肝要なのだ。御免状さえ手に入れば、金子はなんとでもなるではないか」

「そのために何人うちの手の者が血を流し、死んだか。吉原裏同心ひとりに引っかき回されておりますのさ」

「源助、なにが言いたいのだ」

船村用人の声も苛立《いらだ》ってきた。

「おまえさん、御免状が手に入ったら吉原会所をどうなさる気ですね」

「ただ今の七代目は放逐じゃな」

「四郎兵衛は、会所の実権の他に引手茶屋の山口巴屋、さらには廓の外に料理茶屋まで持っていやがる。あそこの客筋はどこよりも上客だ。人脈も広い、ひと言で放逐なんて言いなさるがそう容易くはありませんぜ。吉原のことは吉原の者がよう承知だ」

「四郎兵衛の後釜《あとがま》か、ならばわしらの承知の吉本楼の主でもよいではないか。あの楼の主は常々四郎兵衛と三浦屋の四郎左衛門が牛耳《ぎゅうじ》る吉原の体制にうんざりしておるからな、吉原会所の新しい頭取になれと言えば、なるであろう」

幹次郎は、ふたりが話し合う場の背後の仏壇の陰に身を潜めていた。

長い沈黙があった。

「やっぱりね、おまえさんは吉本楼と手を組む気ですかえ」

「なんだ、その言葉は」

「やかましいや」

と本所の源助が立ち上がった気配があり、

「源助、武士のわしに刃《やいば》を向ける気か」

と船村用人も刀に手を掛ける構えのようだ。

幹次郎は仏壇の背後からそろりと身を移して刀を抜き合うふたりを見た。

いきなり戦いが始まった。

まず倅の死と船村の背信に怒り狂った源助の長脇差の刃が船村用人の首筋に斬り込み、船村が抜いた刀の切っ先が源助の胸に突き立った。

悲鳴を上げながらの揉み合いが続き、源助の長脇差が何度も振るわれ、船村用人の刀の切っ先が胸に突き込まれた。

わああっ！

と喚き声が源助の口から漏れて、最後の一撃で船村用人が刀の柄を手放して尻餅《もち》をついた。

源助だけがゆらゆらと揺れながらも立っていたが、船村の刀を胸に突き立てたまま崩れ落ちた。

幹次郎はしばしその場にいて、ふたりの死を確かめた。その上で、行灯の灯りを消して破れ寺を立ち去った。

大川左岸の河岸に政吉船頭が待っていた。

「用は済みなさったか」

幹次郎は猪牙舟に乗ると、ひどく疲れていることに気づいた。

「家に帰りなさるか」

「この刻限、姉様や麻を起こすのは可哀想《かわいそう》だ」

「ならば、牡丹屋に泊まりなさるか」

「できるかな」

「うちは船宿だ。ひとり二人泊まるなんぞわけはない」

「明朝、下谷の津島傳兵衛先生の道場に朝稽古に出るでな、土間口の座敷でよい」

と願った。

「神守様よ、吉原会所のために働くのはいいがさ、わが身を削ってまで御用を務めるのはよしなせえ。汀女先生や麻様のためにな、時を使いなされ」

政吉船頭の言葉が幹次郎の胸に突き刺さった。


翌朝、津島傳兵衛道場で朝稽古をなして胸のもやもやを吹き飛ばした幹次郎は、聖天横町の湯屋に立ち寄った。すると番台のおかみさんが、

「神守の旦那、なんとも美しい義妹様が着替えを届けに来ましたよ」

と言った。

汀女に命じられて麻が着替えを届けに来たようだ。

「それは有難い」

幹次郎が柘榴口を潜ると、桑平市松が湯船に浸かっていた。

「朝稽古ですか」

「このところ体をいじめておりませぬからな。久しぶりに道場に行きました」

幹次郎はかかり湯を被って桑平の浸かる湯船に身を沈めた。

「朝早くからお出張りですか」

「いえね、川向こうで十手持ちと大名家の用人とが斬り合いをしてふたりして死んだとの知らせがあったものですからね、縄張り外ですが後学《こうがく》のために見てきました」

「ほう、どんな風でした」

幹次郎は桑平の顔を見ながら尋ねた。

「十手持ちったって二足の草鞋を履く北町の悪と、若年寄の用人というより遊び人とが、なにをとち狂ったか長脇差と刀を振り回しての斬り合いです。破れ寺で賭場をやっていたようで、分け前での争いですかね」

こんどは桑平が幹次郎の顔を窺うように見て言った。

「それはまた面倒な」

「いえ、両人して哀《かな》しむ者よりほっと安堵する者のほうが多い輩です」

と笑った桑平が、

「それよりね、妙なことがございましてな」

「ほう、妙なこととは」

「斬り合いをした御用聞き、本所の源助の家では、倅の規一郎まで妙な得物で顔面を割られ、首を鉄鎖で巻かれて死んだとか。ひと晩のうちに親父も倅も死んじまった、妙だとは思いませんか」

「倅の死にふたりの斬り合いが絡んでますか」

「さあてね、死に場所は破れ寺とはいえ、寺社方の監督支配下、源助が鑑札をもらっていたのが北町ゆえ、それがしには全く関わりがございません。一方、若年寄の用人もこんな死にざまでは公にできませんや。こたびの一連の騒ぎは、過日の増太郎殺しといっしょで、うやむやのうちに蓋ですな」

と桑平同心が幹次郎に言った。

幹次郎は最後の言葉を桑平が伝えに来たのだと思った。

「ご苦労なことでございましたな」

「いえ、吉原会所の裏同心ほどこちらは働いておりませんからな」

と桑平が言い、両者して声もなく笑い合った。

三

「ご苦労様でした」

朝湯から戻り、朝餉の膳の前に座った幹次郎に汀女が言い、麻が味噌汁を運んできて、おあきが炊き立てのめしを装《よそ》ってくれた。

幹次郎が目を丸くして、

「今朝はまた格別に扱いがよいな。柘榴の家の主に、いや、殿様にでも生まれ変わった気分じゃぞ」

「幹どのが柘榴の家の主であることに間違いはございません」

「いつもこのようにしております」

と汀女と麻の「姉妹」が口を揃えるように言った。

「そ、そうか、今朝は格別に傅《かしず》かれておるような気がした。それがしの錯覚《さっかく》であろうか」

「錯覚です」

とおあきまでが加わった。

「それがしの思い違いか。黒介、どう思うな」

味噌汁の椀を手に、麻の膝に座った黒介に問うた。

みゃう
と黒介が鳴き、

「それ、思い違いと黒介が申しております」

と麻が言った。

「相分かった」

幹次郎が応じて味噌汁に口をつけた。すると三人の女と黒介が幹次郎の一挙一《いっきょいち》動《どう》を凝視していた。

幹次郎は豆腐とねぎの味噌汁を啜《すす》り、

「なにやら外で浮気して家に戻った亭主が女房に真綿《まわた》で首をじわりじわりと絞められるとは、こんな気分かのう」

と独り言を呟いた。

「あら、幹どのは浮気の経験がございますので」

麻が幹次郎の独り言に反問した。

「わが家に三人も美形が揃っておるわ。この上、なにができるというのだ」

幹次郎が嘆くと三人の女たちが声を上げて笑った。幹次郎はひたすらめしを食うことに専念した。

「朝湯で桑平市松様にお会いになりましたか」

「会った」

汀女の問いに幹次郎が答え、そうか、桑平は柘榴の家を訪ねてきて朝湯に幹次郎が立ち寄ることを承知していたのかと得心した。

「御用は終わりましたか」

「終わった、であろう」

汀女の問いに幹次郎は曖昧に答えた。答えながら桑平がもたらした見通しが当たっているならばよいがと思った。

「ご苦労様でございました」

これまでとは違った汀女の口調であった。

「牡丹屋の政吉船頭に身を大切になされよ、会所の務めも大事ですが、身内と時を過ごすことを考えなされと忠言を受けた」

「いかにもさようです、幹どの」

麻が直ぐに反応した。

「麻、それがしの務めなのだ」

「それは重々承知しております。ですが、私どもと過ごす時を大事にして、体を少しは休めてください」

麻の言葉にも真心が籠《こも》っていた。

「そうじゃな、今朝は少しゆっくりと会所に出ようか。離れ家の普請具合も見たいでな」

「私が想像したものより立派な住まいになりそうです」

「そうか、楽しみだな」

幹次郎は答えて丸干しいわしを箸で摘《つま》んだ。

「祝言以来、そなたら、正三郎さんと玉藻様に会ったか」

「お伝えするのを忘れておりました。今朝方おふたりお揃いでわが家にお見えになり、本日より吉原に戻ると知らせていかれました」

と汀女が言い、

「玉藻様も正三郎さんも幸せな笑顔でございました」

と麻が言い添えた。

「そうか、幸せそうか。なによりであったな」

「離れ家を見ていかれ、私たちもかような離れ家に住みたいと玉藻様が漏らしておられました。引手茶屋山口巴屋での暮らしは、大勢の奉公人に囲まれてのものですからね」

汀女の言葉に、

「致し方あるまい」

と応じた幹次郎が、

「われら、なんぞ役に立ったのであろうか」

「幹どのがおられなければ、あのご夫婦は誕生しておられませぬ」

と麻が言い切った。

「今朝一番の嬉《うれ》しい知らせであったわ」

幹次郎がしみじみと答えた。

「政吉船頭のお言葉を聞き逃してはなりませぬ。あまり無理はなさらぬことです」

「姉様、そう心がけよう」

おあきが淹れ立ての茶を運んできて、

「うちもようやく身内の暮らしに慣れてきたな。殿様気分も悪くはない」

と幹次郎が漏らした。

幹次郎は四つ半（午前十一時）時分に大門を潜った。

いつものようにこの刻限の仲之町には長閑な時が流れ、物売りたちが季節の野菜や魚を商う光景が見られた。

面番所から待っていたように隠密廻り同心村崎季光が姿を見せた。

「えらく遅い出勤ではないか。うむ、顔が疲れ切っておるぞ。美形ふたりを相手に寝ていないのではないか」

「当たりです」

「な、なに」

村崎が羨ましそうな顔で幹次郎を見た。

「村崎どの、朝稽古に久しぶりに参り、こってりと津島傳兵衛先生に絞り上げられました。ゆえにいささか出勤が遅れました。相すまぬことです」

「なに、その顔は剣術の稽古の疲れか、つまらん」

と面番所に戻りかけた。

「母上のおすぎ様の風邪は治りましたかな」

「そなた、わが家の身内の様子まで承知か。女は強《したた》かでな。風邪など気にせず三杯めしを食らいおるわ。そなたの家も女ばかり、気をつけよ」

「ご忠言有難くお聞き致しました」

「おおそうじゃ、玉藻と正三郎夫婦がわしにも挨拶していきおったぞ。こちらに住むそうじゃな」

「村崎どの、向後ともよしなにお付き合いくだされ」

「なんだ、おぬしが仲人でもやったような言葉ではないか。仲人は三浦屋の夫婦と聞いておるぞ」

「いかにもさようです。それがしの言葉は世間一般のご挨拶の次第です、お聞き逃しくだされ」

と言い返した幹次郎は、会所の敷居を跨いだ。

老犬の遠助と嶋村澄乃が留守番をしていた。

「すまぬ、遅くなった。剣術の」

と言いかけた幹次郎に、

「村崎様への言い訳の声は聞こえました。師匠が弟子に詫びることもございませんせん」

と澄乃が言った。

「今朝は女難《にょなん》の相が出ておるか、なぜか言い訳ばかりしておる。もっとも村崎同心は女ではないがのう」

と応じた幹次郎は、

「四郎兵衛様に挨拶をしてこよう」

と澄乃にとも遠助にともつかず言い、奥へ通った。

「どうなされました、お疲れの様子ですな」

「朝稽古に行っておりました」

と幹次郎が答えると、

「それだけではなさそうな」

と四郎兵衛が応じた。

「だれぞがなにか申しましたか」

「いえね、牡丹屋の政吉船頭がひと晩神守様と付き合っていたと小耳に挟みました」

幹次郎は四郎兵衛がなにか察したのはそういうことかと得心した。

「あら、神守様」

玉藻が茶碗を載せた盆を両手に持ち、姿を見せた。華やいだ色気が玉藻の全身から漂っていた。

(女は一夜にして変わるものか)

不謹慎《ふきんしん》にもそんなことを幹次郎は思った。

「玉藻様、お幸せそうでなによりです」

「それもこれも神守様のお力添えがあったからでございます。向後とも宜しくお付き合いのほどを願います」

「それはこちらの言葉です」

「あとで正兄さんに、いえ、正三郎に挨拶に来させます」

と玉藻が座敷から出ていこうとすると、

「玉藻、しばらく神守様とふたりにしてくれぬか」

と四郎兵衛が願った。

「玉藻と正三郎の夫婦は、神守様に足を向けて寝られますまいな」

「いえ、定めです。それがしの働きではございますまい」

「そう聞いておきますか」

と言った四郎兵衛が、

「お聞きしましょうか」

と幹次郎に催促した。

頷いた幹次郎は、昨夜来の出来事を順を追って告げた。

長い話になった。

四郎兵衛は腕組みして幹次郎の話に聞き入った。

話がいったん終わったとき、

「なんと、さような夜を過ごしておられましたか。こちらはそんなこととは露知《つゆし》らずのうのうと寝ておりました」

「務めです」

「いえ、吉原会所の御用を超えて仕事をなされた。萬亀楼の勇左衛門さんが倅に漏らしたことが鎌倉にまで広がり、またこの江戸に舞い戻ってあれこれと画策する輩が出た。それを神守様が独りで消して回られましたな」

「四郎兵衛様、まだ完全に火種を消し切れたとはいえますまい」

と答えた幹次郎がここで桑平市松と朝湯で出会って聞いた話を告げた。

「若年寄青山様はどうなされましょうな」

「それがし、青山家の水道橋《すいどうばし》北側の上屋敷《かみやしき》に投げ文を致しておきましたゆえ、青山家としても用人の骸を急ぎ引き取られたのでございましょう」

四郎兵衛が呆れ顔で幹次郎を見た。

「神守様、それで未明には一睡《いっすい》もせずに剣術の朝稽古に出られましたか」

「まあ、そのほうがよかろうと考えました」

四郎兵衛が首肯し、沈思した。

「まず若年寄青山様がこれ以上事を企てられることはございますまいな」

「はい」

幹次郎が頷いた。

「となると残るは船村右近兵衛用人がどこまで吉本楼に話を持ちかけているかどうかでございますな」

「はい」

「船村用人も妓楼の主に吉原の秘密を漏らすほど愚かではございますまい。なにかの折りに吉本楼の主に釘を刺しておきましょうか。吉本楼は、先年の吉原炎上以来の新規参入の楼です。その楼が大籬の体面を維持《いじ》するには、吉原会所の力を借りねば立ち行きません。なあに調べればひとつや二つ、会所に首を突っ込まれて困ることを持っておりますよ」

と四郎兵衛が言った。そして、

「どうです、少し体を休められませんか」

「寝ようということですか。ひと晩の徹宵《てつしょう》くらいなんでもございません。もし本日、吉原に大きな騒ぎがなければ早めに帰らせてもらいます」

と答えた幹次郎に、

「では、どうですな。眠気覚ましに外に出てみませんか」

「七代目のお供ですか」

「まあ、そんなところです」

「お供致します」

四郎兵衛が玉藻を呼んで、外出をすると言った。

「あら、外は暑いわよ」

「牡丹屋から舟を出させる」

幹次郎は四郎兵衛の仕度が整うまで表にいた。すると昼の見廻りを終えた仙右衛門らが戻っていた。

「終わりましたか」

仙右衛門が幹次郎に話しかけ、

「およそはな」

幹次郎が頷いた。

船宿牡丹屋から猪牙舟に乗って、竹屋ノ渡しに沿いながら隅田川を横切った。船頭は昨日付き合ってくれた政吉だ。だが、夕べの話はなにも語らなかった。幹次郎の仕事が吉原会所の陰仕事と承知しているからだ。

「七代目、どこに舟を向けるね」

「源森川《げんもりがわ》に入れてくれなされ」

四郎兵衛が命じた。

「あいよ」

老練な船頭もさほど昨夜は寝ていないはずだが、腕に年を取らせていなかった。源森川に猪牙舟を入れ、横川へとつながる業平橋《なりひらばし》付近で四郎兵衛は猪牙舟を泊めさせた。

橋の袂《たもと》には、遠江国横須賀藩西尾家《とおとうみのくによこすかにしお》の抱屋敷があり、その北側をぶらりぶらりと歩いていくと、北十間川《きたじっけんがわ》に突き当たった。西尾家の東側は小梅村で、秋の日差しが梅林を照らしつけていた。

四郎兵衛が連れていったのは、そんな梅林の中にある一軒家だ。茶人か俳人か、そんな御仁が構えているような渋いながら小体な家だった。枝折戸の前で、

「ちょいとお待ちを」

と幹次郎に願った四郎兵衛がどこかへ消えた。

梅林の木漏れ日が幹次郎の眠りを誘った。うっかりしていると立ったまま眠り

込みそうだ。

どこかで雨戸を開ける音がして、はっとして幹次郎は目を覚ました。開けられた雨戸の縁側に四郎兵衛が立って手招きしていた。

幹次郎が枝折戸を押し開いて入ると、小さな泉水《せんすい》に面した庵《いおり》があった。

「どうですね」

「鄙《ひな》びた庵でございますね」

「元々は名のある歌人の庵でしたがな、さる人を介してうちが譲り受けたものです。見てごらんなさい」

幹次郎は沓脱石に草履を脱いで、縁側に上がった。

八畳の主室には床柱《とこばしら》のある平床の壁に花明かり窓が切り込まれていた。数寄屋風か、凝った土壁のすっきりとした座敷だった。その他の畳の部屋は四畳半の控えの間だった。

東向きの家だけに梅林越しに秋の光がほぼ真上から降っていた。

四郎兵衛が幹次郎を台所に連れていくと、囲炉裏のある板の間があり、しっかりとした台所が設けられていた。

「なかなか凝った庵ですな」

「気に入りましたか。私が隠居した折りにと考えて手に入れたものですが、当分は使えそうにない」

「それはもう」

と返事をする幹次郎に、四郎兵衛が南側を指し、

「この家から二、三丁（約二百二十〜三百三十メートル）行ったところに桑平様のご新造様の実家がございます」

と言った。

そのとき、幹次郎は気づいた。

「桑平どののご新造様のために貸そうと言われますか」

「神守様、さようです。まずはそなた様にお見せしようと思いましてな」

幹次郎は改めて座敷に戻って庵の内外を見渡し、ここならば桑平の女房の療養場所としては、文句のつけようもあるまいと思った。

「驚きました」

「神守様にはこのところ驚かされてばかりですからな、私もお返しをしてみました」

「なんとなんと」

幹次郎は言葉を失った。

そのとき、庭に壮年の男が入ってきた。

「隣に住む中次郎《ちゅうじろう》です、私とはいささか縁がございましてな。この家が気に入られたのなら、いつなりとも桑平様のご新造様をお連れください。中次郎、このお方が神守幹次郎様だ。このお方の命は私の命と同じです、頼みましたよ」

と幹次郎を紹介してくれた。

中次郎にぺこりと頭を下げられて、幹次郎は眠気が吹っ飛んだ自分に気づいた。

四

いつしか時節が本格的な秋へと移ろっていった。

麻の住まいは、離れ家らしくかたちができていた。柿葺きの屋根が葺かれ、柱と柱の間に竹小舞《たけこまい》が縦横に編まれて壁土が塗られていった。

上塗りは、灰褐色《はいかっしょく》の粘土質《ねんどしつ》の土で仕上げる聚楽壁《じゅらくかべ》だ。元々京都の聚楽第《だい》辺りから出た土を用いた壁で上品な仕上がりになりそうだった。

すでに床の間は張られ、六畳と控えの間には床板が敷かれ、壁が乾けば畳を入れるばかりだ。ふた間の天井は網代《あじろ》編みでなんとも凝った造りだった。

幹次郎も汀女も、棟梁の染五郎らが仕事に来る前に昨日までの作業の進行具合を見るのが楽しみで、

「おお、壁が乾いていくと、なんとも落ち着いた感じじゃな」

とか、

「この寝間から見る柘榴の枝ぶりと実がよい具合ですよ」

とか夫婦で言い合った。

「幹どの、姉上、離れ家に名はなくてよいものでしょうか」

この日、麻が離れ家の前でふたりに尋ねた。

「なに、離れ家に名があったほうがよいか。母屋はわれら、柘榴の家と呼び慣らわしてきたな。柘榴の家の離れ家ではいかぬか」

「幹どの、それでは加門麻の離れ家らしくありません。なんとか庵《あん》と名があったほうがよいでしょう」

汀女の言葉に幹次郎が麻を見た。

「そなた、すでに心の中に庵の名が浮かんでおるのではないか」

「柘榴庵と考えましたが、すでに母屋が柘榴の家と名づけられています」

「だな、柘榴の家と離れ家の柘榴庵ではややこしいな」

「伊勢亀のご隠居の気持ちをなんとか残せないものかと、私が吉原で使っていた、『薄墨庵』あるいは薄墨をかな書にして、『うすずみ庵』ではなりませぬか」

汀女がしばし沈黙して、

「薄墨の名を残してかな書の『うすずみ庵』がようございます」

「そうだな、麻が第二の暮らしでなさねばならぬのは全盛を誇った薄墨を払拭《ふっしょく》することであろう。そなたがその気持ちなれば、『うすずみ庵』、悪くないな。じゃが、もうひとつ加えてはならぬか」

「なんでございますか、幹どの」

と麻が幹次郎を見た。

「庵の名としてはいささか長過ぎるように思えるが、『伊勢亀うすずみ庵』はいかぬか」

汀女と麻がしばし間を置いた。

「姉上、どう思われますか」

「麻の気持ちを斟酌《しんしゃく》して伊勢亀の隠居様の名をつけられたのでしょうが、麻の伊勢亀の隠居様への気持ちは胸に秘めて、ここは『うすずみ庵』だけのほうがようございませぬか」

汀女の言葉に麻も頷いた。

「そうじゃな、くど過ぎたな。では麻の優しさとたおやかさがかな書からしのばれる『うすずみ庵』で決まりじゃな」

と幹次郎が早々に撤回した。

幹次郎の返答に汀女と麻がにっこりと笑って応えた。そして、麻が言い出した。

「姉上、薄墨にて『うすずみ庵』と書いてくれませんか」

「麻、扁額《へんがく》にするのか」

と幹次郎が訊いた。

「はい」

「麻、そなたが認めなされ」

「いえ、ひらがなは難しゅうございます。姉上のほうが気品のあるかなを書かれます」

「ならば、ふたりで書き合ってよきほうを選びましょうか」

庵の名が決まり、扁額を作ることが決まった。

「お早うございます」

門前に声がして染五郎棟梁や弟子、左官の親方たちが姿を見せた。

「棟梁、庵の名が決まったところだ」

幹次郎が棟梁らに三人で話し合ったことを報告した。

「ほう、『うすずみ庵』ですか。いい名にございますな。庵名を認める板ですがね、古色のついた桑《くわ》の木ではどうですか。前々からなんぞに使えないかと、うちに置いてございます。明日にも持参しますでな、汀女先生と麻様でご覧になってくだせえ。嫌ならば、また別の素材を探します」

染五郎棟梁が話に乗った。

「よし、これでそれがしは出かけられる」

幹次郎が柘榴の家に戻り、用意されていた外着《そとぎ》を着てこのところ愛用の津田助直を脇差の傍らに差した。

「まだ日差しは強うございます」

汀女が菅笠《すげがさ》を幹次郎に差し出した。

「この足で吉原にございますか」

「いや、ちと野暮用で木挽町《こびきちよう》に立ち寄らねばならぬ」

「ならば、広小路までいっしょ致しましょうか」

玉藻が正三郎と所帯を持ったことで、浅草並木町の料理茶屋山口巴屋では、いよいよ汀女の役割が重くなっていた。

麻と黒介に見送られて幹次郎と汀女は、寺町を南に向かって進んだ。

「木挽町に知り合いがございましたか」

「蘭方医《らんぽうい》にして御典医の桂川甫周先生を訪ねるのだ」

不意に足を止めた汀女が、

「幹どの、どこか体に変調がありますか」

「姉様、それがしはどこも悪くはない」

「御典医をお訪ねになるのですね」

汀女が念を押した。

「うむ、姉様だけには申しておこうか」

南町奉行所定町廻り同心桑平市松の女房のことをざっと告げた。

このところ幹次郎は、四郎兵衛に見せられた小梅村の梅林の家に桑平の女房の雪を移すことを手伝っていた。

八丁堀では桑平雪の病は知られていた。ゆえに実家で静養するという噂は直ぐに広まった。

だが、実際は実家に戻ったわけではなく、四郎兵衛がひそかに所有していた小梅村の家へ桑平雪を移したのだ。嫡男と次男は八丁堀に残り、時折り、小梅村の雪の実家を訪ねるということで周囲を納得させた。

「桑平どのからようやく雪どのが小梅村の家に落ち着いたと聞いたのでな、それがしが本日桂川甫周先生をお迎えに行き、雪どのを診ていただくのだ」

ふたたび歩き出した汀女が、

「幹どの、そなたというお人は、どこまでも人に尽くされるお方ですね。このところまた妙な動きをしておるとは感じていましたが」

と言った。

「すまぬ。このことが世間に知れると、桑平同心どのが吉原会所に買収されておるなどと誤解を招くやもしれぬ。それだけは避けたいのだ」

「私の胸に仕舞っておきます」

と汀女が言い、

「それがし、御典医桂川先生がどのようなお方か存ぜぬ。いささか緊張しておる」

「甫周先生ですか。ものの本では『天性穎敏《えいびん》、逸群《いつぐん》の才にてありしゆえ、かの文辞章句を領解し給うことも万端《ばんたん》人より早く、未だ弱齢とは申せ、社中にても各々末頼《すえたの》もしく芳しとて賞嘆《しょうたん》したりき』と評判の主ですが、幹どの、おまえ様とならば話が合いましょう」

と言い添えた。

ぽかん、とした幹次郎は汀女の顔を見た。

「姉様、桂川先生を承知か」

「今から半年以上も前に山口巴屋に客として参られました。快活にして気さくなお方でございました」

「少しばかり安心した。公方《くぼう》様の御医師というで、どのように気難しいお方かと最前から案じておった」

ふたりはいつものように随身門から浅草寺境内を抜けて広小路に出た。

別れ間際、汀女が幹次郎の手を取って、

「このところおまえ様も麻も忙しゅうて、伊勢亀のご隠居の墓参りにも行っておられませぬ。一段落したら、麻を誘って鐘《かね》ヶ淵《がふち》の多聞寺《たもんじ》に参られませ」

と言った。

「姉様はいっしょせぬか」

「こればかりは麻と幹どののふたりがようございましょう。柘榴の家の離れ家『うすずみ庵』が麻の終《つい》の棲家《すみか》になりましょうと報告してきなされ」

と言うと、汀女は幹次郎の手を放して並木町へと歩き去った。


木挽町の桂川甫周の屋敷には、大勢の行列ができていた。どうやら屋敷でも病人を診ている様子だ。

幹次郎はこれでは、

(だいぶ待たされるな)

と覚悟した。

見習い医師のような若い玄関番に訪いを告げると、直ぐに奥に姿を消した。そして、最前の若い玄関番が薬籠《くすりかご》を提《さ》げて、

「こちらに」

と幹次郎を三十間堀川《さんじつけんほりかわ》の船着場に案内し、凝った造りの舟に乗せた。そして、薬籠も載せた。

船頭を従えた御典医桂川甫周は、さほど待つことなく姿を見せ、

「お待たせ申したな」

と磊落《らいらく》に挨拶した。

「桂川先生にございますな。それがし」

「吉原会所の裏同心、神守幹次郎どのであろう」

と幹次郎の名乗りを奪うと、

「儀助《ぎすけ》、源森川と横川がぶつかる業平橋に向かえ」

と船頭に命じた。

桂川家四代の甫周国瑞《くにあきら》はこのとき四十一歳。阿蘭陀《オランダ》にまで名が知られた蘭方医にして金創医《きんそうい》だった。

舟は三十間堀川を進み始めた。

ひとり船頭ながら立ち漕ぎの二丁櫂《かい》で、猪牙舟よりも船足が速かった。

「四郎兵衛様とは親父の代からの付き合いでしてな」

甫周が不意に言った。

「存じませんでした」

「そなたのご新造どのも承知だ」

「最前、姉様、いえ、女房に言われて驚きました」

「会所が私に願いごとをするなど滅多にないのだがな」

「申し訳ございませぬ」

「患者は町奉行所同心のご新造だそうだな」

「はい」

「どうやらそなたとその同心どのは付き合いが深いとみた。私は切ったり縫ったりの金創が専門でな、ご新造の病は手足が衰える病と聞いておる」

四郎兵衛は知り得るかぎりの雪の体調を桂川甫周に知らせているようだった。

「じゃが、四郎兵衛様の頼みを無下《むげ》にできぬ。いや、近ごろあれこれと巷《ちまた》を騒がす吉原会所の後見、神守幹次郎という者を見ておきたかったのよ」

と言った。

「それがしのように陰の者の噂が巷に飛んでおりますか」

「薄墨太夫を請け出したのはそなたであろう」

「あれは」

「経緯は承知である。言い訳せんでもよい。酸《す》いも甘いも承知の遊び人の伊勢亀半右衛門様が信頼した御仁じゃからな」

あっ、と幹次郎は迂闊を悔いた。

伊勢亀半右衛門の最期を看取《みと》ったのが桂川甫周の高弟井戸川利拓《いどがわとしひろ》らであった。

当然甫周自身も伊勢亀の体調を承知していたはずだし、その最期の模様は井戸川らから聞き知っているはずだった。

「この機会に、吉原会所の陰の実力者、高名な吉原裏同心どのに会いたくてな、私が診察に参ることにした」

と笑った。

「桂川先生、大きな誤解をしておられます。われら夫婦、吉原会所に拾われてようやく生き延びてきた陰の者です」

「妻仇討にて十年も逃げ回った夫婦もいまい。それだけでも敬服《けいふく》に値しよう。伊勢亀の隠居も四郎兵衛様も並みの者ではない、人を見る目はだれよりも長《た》けておられる。その御仁らがそなたに吉原会所を、札差《ふださし》伊勢亀を託したのだ。玉藻さんの祝言を調《ととの》えたのもそなたじゃそうな。今や吉原会所は、そなたら夫婦なしでは立ち行くまい」

「先生、買い被りも甚《はなは》だしゅうございます」

「私に見る目がないと言うか。医者としてどうか知らぬが、人を見抜く目はたしかなつもりだ。私もそなたに頼みごとをするときがくるやもしれぬ。そのときは断わらんでくだされよ」

と甫周が笑った。

業平橋に泊めた舟から幹次郎は薬籠を提げて甫周に従った。

梅林の中の小家に桑平市松がふたりを出迎えた。

挨拶をしようという桑平を手で制した甫周が幹次郎に、

「神守どの、薬籠を亭主に渡せ。診察に四半刻はかかろう。この界隈でぶらついておられよ」

と命じた。

幹次郎は桑平に薬籠を渡すと、

「桑平どの、桂川先生にお任せなされ。問われたことだけをお答えになればよかろう」

と言った。

頷いた桑平が、こちらへ、と梅林の家に案内していった。

幹次郎は秋の日差しの小梅村を散策《さんさく》して時を過ごした。

約定の四半刻を大きく過ぎたあと、桂川甫周が姿を見せ、そのあとに薬籠を提げた桑平が従っていた。

「ご苦労にございました」

幹次郎の労《ねぎら》いの言葉に、

「ご新造どのがいちばんよく自分の体調を承知しておられる。蘭方医桂川甫周ができることは大して多くはない。亭主、木挽町の屋敷に薬を取りに来られよ。ただし阿蘭陀渡りの薬といえども、わずかにご新造どのの命を延ばす程度の役にしか立つまい。向後は私の弟子井戸川利拓を十日に一度こちらに往診に来させる」

桑平が深々と頭を下げた。

「医者が無力感を感じるのはかようなときだ。とはいえ、医者の診断にも間違いはある。万が一よくならんとも限らん。できるだけ身内といっしょにな、のんびりとこの地で過ごされよ」

「われら如き不浄役人の身内を診察していただき、それだけで十分にございます」

「亭主、不浄役人かどうか己の胸に問うてみよ。神守幹次郎が不浄役人の手伝いをすると思うてか」

と火を吐くように言葉を吐いた甫周が、

「よいな、ご新造どのとともに残された時を楽しめ、私どもはその手伝いを致すだけだ。もっとも私よりこの神守幹次郎のほうがご新造どのの心を休めるのに役立つかもしれぬぞ。伊勢亀の隠居で一度あったことゆえな」

と優しい口調に変えて言った。

幹次郎は薬籠を手に甫周と肩を並べた。

しばし秋空を見上げながら歩いていた甫周が、

「医を私どもがどれほど承知かと尋ねられたら、赤面《せきめん》するしかあるまい。見てみよ、この広々とした秋空に一羽の鳶《とんび》が飛んでおるな。あの鳶の大きさほども知らぬのだ。それが私ども、医者の限界なのだ」

と嘆きの言葉を発した。そして、

「もうよい、そなたの友のところに戻ってやりなされ」

と言い、幹次郎の手から薬籠を受け取った。

「桂川先生、私が先生のお役に立てるようなことが出来《しゅったい》しました節には、いつ何時なりとも使いをくだされ。木挽町のお屋敷に馳《は》せ参じます」

「吉原会所の裏同心どのの言葉、なんとも心強い。その折りは使いを立てよう」

と微笑みを返した桂川甫周がすたすたと業平橋のほうへと歩いていった。

幹次郎はその背にいつまでも頭を下げて見送っていた。

第五章　足抜未遂《みすい》

一

神守幹次郎が大門を潜ったのは昼見世が始まろうという刻限だった。

その大門前に面番所の見習い同心須崎松太郎《すざきまつたろう》が立っていたが、五十間道を下ってくる幹次郎を見て、さあっ、と姿を消した。近ごろ、面番所に新しく配属された見習い同心だ。すると、代わりに村崎季光が現われた。手ぐすね引いて幹次郎が来るのを待っていたのだろう。須崎に見張らせていた様子があった。

「おい、まさか本日も剣術の稽古で遅くなったなどと言い訳はしまいな」

「いえ、本日は野暮用にて遅くなりました」

「野暮用とはなんだ」

「村崎どの」

幹次郎の口調がいつもより険しく変わり、

「それがし、吉原会所に雇われた者です。面番所の雇人《やといにん》ではございませんぞ。なにゆえ一々村崎どのに遅刻の曰くまで知らせなければなりませんな」

と反問した。

「神守幹次郎、吉原会所は町奉行隠密廻り同心の監督下にあるのを忘れたか」

村崎も幹次郎の口調に応戦した。

「さような大事を忘れるわけもございません」

と答えた幹次郎が、

「本日、神守幹次郎、腹の虫の居所が悪うございます。大門前で刀を抜いて振り回したき心境です」

「な、なに、わしに斬りかかると言うか」

幹次郎が村崎を睨んで、

「だいぶ無精髭が伸びておられる。いくら南町奉行所隠密廻り同心どのとは申せ、役目遂行《すいこう》に当たり、そのご面相《めんそう》は不謹慎ですな。ひと舞い刀を振り回し、村崎どのの無精髭を削《そ》ぎ取ってみたくなりました。眼志流居合の一手、無精髭剃り落としをご披露仕《つかまつ》る」

幹次郎が右足を前に出すと腰をわずかに落とした。

左手の指先で弾き出すように鯉口を切り、右手をだらりと垂らした。

「ま、待て。刀なんぞを吉原の大門前で振り回す奴があるか。あ、頭を冷やせ。な、なにがあったのだ。ははあ、柘榴の家で揉めごとが起こったか。美形ふたりが同居したのでは、無理もない。ゆえにわしがふだんから注意をしていたであろうが」

村崎の慌てふためく様子に幹次郎は、大仰な居合の構えを崩した。

「おお、これは失礼をば致しました。いかにも村崎どのの忠言を聞くべきでした」

「であろうが。いいか、女はひとり外に出せ。それしか家の中が平穏になる手はないぞ」

しばし考える風情を見せた幹次郎が、

「村崎どののお言葉身に染みてございます。これにて本日は御免」

と言い残し、さっさと吉原会所に入っていこうとした。

「おい、待て。本日がどのような日か承知であろうな」

村崎の追い打ちがかかった。

「本日がどのような日とは」

と幹次郎は足を止めて振り返った。

「そなた、八朔を忘れたか」

「おお」

と思わず声を上げた。

「そなた、重症じゃな。大紋日《おおもんび》を忘れておったか。いいか、八朔にはふだん吉原に縁のない女までが大門を潜って入り込むのじゃぞ。足抜がいちばん多いのもかような大紋日だ。それをなんということか」

このときとばかり村崎は声を張り上げて幹次郎を叱った。

「いえ、家を出るまでは、本日は大切な八朔ゆえ、ふだんに増して緊張をしておりましたが道中でつい」

「失念したか。それもこれも家の中に女がふたりもいるからじゃ。御用をなんと心得る、少しはわしを見倣え。よいか、よく聞け。役宅を出る折り、わしは家での不快は忘れて吉原に向かうのだぞ」

と村崎がまた話を蒸し返しそうになったので、

「村崎どの、ご注意有難く拝聴《はいちょう》します」

と応じた幹次郎が後ろ手で戸を閉めると、必死で笑いを堪《こら》えていた番方の仙右衛門らが、大きな笑い声を上げた。すると、表から、

「それみよ、八朔も忘れおって。朋輩からも嘲《あざけ》りの笑いが起こったではないか。わしの言葉を肝に銘《めい》じるのだ」

と村崎の怒鳴る声がした。

ふうっ
とひとつ溜息を吐いた幹次郎が、

「いや、つい失念しておった。気を引き締めんといかぬな」

と自戒の言葉を漏らした。

「神守様よ、村崎同心じゃねえが、独りでなんでもしょい込むのはよくないぜ。ああしてよ、村崎の旦那から剣突《けんつく》を食らわされるじゃねえか。わしを見倣えだと、どの口から言えるよ」

と金次が言った。

「いや、全くだ。気を引き締めんとな」

と同じ言葉を繰り返した幹次郎が、

「廓内に騒ぎはなかろうな」

と仙右衛門に尋ねた。

「まあ、女物の古着や草履が盗まれたりしたくらいで、神守様の出番は今のところございませんよ」

「それなれば安心した」

「奥で七代目がお待ちですぜ」

仙右衛門に言われ、幹次郎はちらりと澄乃と視線を交わらせた。その眼差しはなにか言いたげであったが、幹次郎も、

「あとでな」

と目顔で返して奥座敷に通った。

四郎兵衛は独り煙管の掃除をしていた。

「七月は玉菊灯籠《たまぎくどうろう》、七夕《たなばた》、草市《くさいち》、盆とあれこれ行事が重なりましたからな、忙しさに追いまくられました」

と答える四郎兵衛の口調には、なんとなくこれまでとは違った余裕があった。それは玉藻が正三郎と夫婦になり、いっしょの屋根の下に住んでいるおかげだろう。母親を早く亡くした玉藻と四郎兵衛だけの暮らしから娘婿がひとり増えて、

「一家の暮らし」

が戻った、そんな余裕が見えた。

「七代目、本日、桂川先生を小梅村に案内致しました」

「甫周先生の診立てはどうでしたな」

「これまで桑平雪どのを診てこられたお医師と同じ診断にございました。阿蘭陀の医学をもってしても、あの病は退治できぬようで、このあとの病の進行を診るために甫周先生の高弟の井戸川どのが十日に一度往診に小梅村を訪ねることが決まりました」

「そうでしたか」

「甫周先生は、なかなかの人物にございました。それがし、ご案内するまで甫周先生の一門の方々が伊勢亀半右衛門様の最期を看取られたことを結びつけられずにおりました」

「なに、伊勢亀の隠居も桂川甫周先生が診ておられましたか」

四郎兵衛もこのことは知らない様子で奇遇《きぐう》に驚いた。

「はい。その折り、それがし、甫周先生に直にお目にかかっておりません。ところが甫周先生は、それがしのことを承知で大変失礼を致しました」

「どうですな、桂川甫周先生とならば、神守様、気が合いましょう」

「四郎兵衛様、相手は公方様の脈を診られる御典医です、気が合うもなにもございません。こたびの一件、どうお返しすればよいか、思案に余ります」

「お返しなど考えずに神守様らしくお付き合いなされませ」

「それで宜しいのでしょうか」

幹次郎の言葉に四郎兵衛が頷いた。

「ああ、もうひとつお知らせが」

「なんでございましょうな」

「麻の離れ家ですが庵の名が決まりました」

「ほう、どのような名ですな」

「吉原時代の名にちなみ、かな書で『うすずみ庵』と麻自らが決めました」

「かな書にして『うすずみ庵』な」

「吉原の暮らしを忘れぬため、引いては伊勢亀のご隠居の親切を忘れぬためだそうです」

「よい庵の名です」

四郎兵衛が大きく頷いた。

そこへ玉藻が茶を運んできた。

「近ごろお父つぁんが神守様を頼りにして、あれこれと用事を申しつけてるようね。あまり厄介なことばかりを押しつけないのよ。もっとも私たちの一件もそのひとつだけど」

と苦笑いした。

「その分、番方たちに迷惑をかけております」

「会所の仕事もあれこれと多様にございますでな、番方たちに合う務めもあれば、神守様でなければならぬ仕事もございます。致し方ないことです」

と答えた四郎兵衛が、柘榴の家の敷地に建てられている離れ家の名が決まったことを玉藻に伝えた。

「え、『うすずみ庵』って名なの。まるでお茶室よね。麻様には似合いの庵の名かな」

「わしもそう言うたところだ」

「柘榴の家に離れ家の『うすずみ庵』、それがし、なにやら茶道の宗匠《そうしょう》にでもなった気分です」

ふはっはは

と四郎兵衛が声を立てて笑った。

幹次郎は、番方たちが見廻りに出ていったことを気配で察した。

「玉藻様、少しは落ち着かれましたか」

「私と正三郎のこと、お互い気がねなく暮らしているわ。それもこれも神守様の慧眼《けいがん》のおかげね」

「お節介と言い換えたほうがようございましょう」

と応じた幹次郎に、

「玉藻、神守様に伝えたか」

と四郎兵衛が言った。

「忙しそうだから、言い出せないでいたの」

「ご懐妊《かいにん》なされたか」

「いくらなんでもひと月やふた月で赤子なんてあり得ないわ」

と玉藻が顔を赤くして答えた。

「違うの。正三郎が隣の引手茶屋のお客人に軽い朝餉を出したところ、えらく評判になって、仕出しの台屋《だいや》から『近ごろ山口巴屋から注文がない』って文句が出たほどよ」

「おお、それはよかった。いや、決まり切った台屋のものより客の腹具合に合わせて正三郎さんが腕を揮う料理が口に合うのは当たり前のことです。これはいい知らせですよ」

と幹次郎は喜んだ。

「そうだ、正三郎がね、その『うすずみ庵』の普請が終わったころに、柘榴の家にお邪魔してなにか皆さんに料理を作りたいと言っているんだけど、迷惑かしら」

「それがしが答えることではないが、きっと麻も姉様も喜びましょう。最初の『うすずみ庵』の招客は皆さんです」

「神守様、私たち夫婦は客で行くのではないの、お礼に行くの。忘れないでね」

「私はどうなる」

四郎兵衛が言い出した。

「えっ、お父つぁんも行きたいの」

「四郎兵衛様は招客でござろう。今晩、姉様と麻に相談しておきます」

と幹次郎が答えて奥座敷を辞去した。

すると、会所に嶋村澄乃と小頭の長吉がいた。

老犬の遠助は、夏の疲れが出たのか、冷たい土間で寝ていた。

「澄乃、見廻りに付き合うてくれぬか」

幹次郎のほうから誘いをかけた。

「は、はい」

と澄乃が応じた。

「小頭、留守を願う」

と言い残した幹次郎と澄乃は、会所から仲之町に出た。

待合ノ辻では「俄《にわか》」の稽古が始まっていた。

その見物にふだんは大門を潜れない女までが吉原を訪れた。ために白無垢姿で花魁道中をする夜見世では、吉原会所の若い衆が大門の左右に四人ずつ並んで、

「女は切手、女は切手」

と大門を入るとき渡された切手を、出る際に確認した。そうしなければ、八朔の大紋日を利用して、遊女の足抜が企てられるからだ。

幹次郎から半歩あとを澄乃は従った。

「なんぞ話がありそうだな」

「三浦屋さんでは桜季さんを振袖新造のひとりとして、正式に高尾太夫の下へ加

えられました」

「ほう」

高尾太夫の花魁道中にこれまでも仮の待遇《たいぐう》として桜季が交じっていたことを幹次郎は承知していた。薄墨も高尾も同じ妓楼三浦屋ゆえ、薄墨が廓の外に出た今、新たな花魁道中の陣容が考えられないことではなかった。

幹次郎は思案した。

なぜわざわざ澄乃がそのことを幹次郎に伝えたかを。

桜季は薄墨太夫の下で振袖新造に昇進した。だが、薄墨が落籍されて吉原を離れた今、薄墨太夫の下で禿、振袖新造、番頭新造、男衆を務めていた者たちは、いわば、「主」を失った状態となった。

桜季を高尾太夫の下で再出発させるのは当然考えられることだった。

澄乃が続けた。

「遣手のおかねさんから耳打ちされたことですが、桜季さん、引込《ひきこみ》新造は外されたそうです」

幹次郎は澄乃を振り返って見た。

これが澄乃が伝えたかったことか。

おかねは桜季の近ごろの言動について幹次郎や仙右衛門と情報を共有していた。ゆえにこのところ多忙だった幹次郎の耳に話が伝わるように澄乃に話したのだろう。

振袖新造の中でも、

「これは」

と目をつけられた新造が引込新造と呼ばれ、花魁候補の選良《せんりょう》として仕込まれる。その引込新造を外されたという。当然おかねの考えも入れて四郎左衛門が決めたことだろう。

三浦屋でも桜季の扱いに迷っている様子が見えた。高尾の下へ移すことで桜季の性根《しょうね》を、心持ちを正確に把握《はあく》しようとしているのではないか。

「どうだ、そなたの目から見て桜季は、高尾太夫の下におる仲間に打ち解けておるかどうか」

「浮き上がっております。それは桜季さんが溶け込もうとせぬこともありますし、薄墨太夫の下にいた新造が高尾太夫の下へ移され、もとからいた仲間は、目に見えぬ『壁』を作って桜季さんを拒んでおることも一因でしょう。双方がかようでは、桜季さんが高尾太夫の新造として、いずれなにか事を起こしそうです」

「さあてどうしたものか」

「加門麻様が出張られてもダメでしょうね」

「ただ今の桜季はだれの言葉にも耳を貸すまい」

吉原会所の務めのひとつは足抜を未然に防ぐことだ。が、それぞれの妓楼の内情を知った上で、ひそやかに務めを果たすことを会所は強いられた。

桜季の姉、小紫の足抜騒ぎは、吉原会所七代目頭取四郎兵衛と元吉原以来の三浦屋四郎左衛門が盟友であり、強い信頼関係にあるゆえに幹次郎が、

「過激にして非情な務め」

をひそかに果たした経緯があった。妹の桜季に勘違いを生じさせた遠因でもあった。

「ただ今は四郎左衛門様の判断がどう桜季に伝わり、桜季がどう動くか遠くから注視しているほかはあるまい」

と答えた幹次郎は、

「澄乃、今宵の高尾太夫の花魁道中にぴたりと張りつけ。桜季を見張るのだ」

と命じた。

「白無垢のまま大門を出ることなど叶いますまい」

「十五、六の娘の分別をうんぬんしたくはない。だがな、姉と同じ真似を繰り返してほしくはない。なにか起こってはもはや三浦屋でも庇い切れまい」

幹次郎の言葉に澄乃が頷いた。

「そなた、遣手のおかねさんと話ができる仲だ。そなたとそれがしの懸念をおかねさんにそれとなく伝えてくれぬか。その上で今宵の夜見世が終わるまで桜季の動きから目を離すでない」

「分かりました」

と澄乃が幹次郎から離れていった。

幹次郎はしばしその場に立って思案していた。そして、西河岸に向かって歩き出した。

二

「此葉月田面《はづきたのむ》の節句に、娼妓《しょうぎ》のおしなべて白無垢を着る、おこりは元禄《げんろく》のころ、江戸町巴屋源右衛門方の高橋《たかはし》といえる全盛、瘧《ぎゃく》を煩《わずら》い居たりけるが、八朔紋日の約束にて深く云いかわせし何某の、仲の町へ来たりしゆえ、高橋白無垢の儘《まま》にてもその客を迎いに出たる粧《よそお》い、真に艶容繚繞《たよたよ》として、李花の雨をふくめる風情、きよらかなれば、この日入《いり》つどいし萬客、高橋が風姿を観て、感賞せしにより、是《これ》に倣いて八朔には惣《すべ》て毎家に白無垢を着ること、おのずからなれり」

とものの本にその起こりを記す。

されど八朔に遊女が白無垢を着る習わしの謂れには諸説あって、幹次郎には確信がどれも持てなかった。

八朔の起源は知らずして、葉月（旧暦八月）に雪が降る如く、美姫《びき》三千が白無垢に着飾る大紋日に幹次郎は緊張していた。

頭に桜季のことがあったからだ。

夕暮れ、いつもよりしっとりと清掻が奏され、ふだんは姿を見ない婆婆の女たちが大門から俄見物に入ってきた。そんな女相手に吉原会所の若い衆が、

「女は切手、女は切手」

と呼びかけ、鑑札をもらい仲之町をそぞろ歩く姿に目を光らせていた。

「おい、裏同心の旦那、少しは機嫌が直ったか」

面番所の村崎同心が幹次郎に呼びかけた。

「機嫌は常にも増して麗《うるわ》しゅうございます」

「なに、最前、家の中で女ふたりが揉めておると言うていたではないか」

「はあ、それがし、さような言辞《げんじ》を弄《ろう》したことはございませんがな」

「そなた、えらく険しい顔であったのは汀女先生と加門麻が揉めているせいではないのか」

「いえ、いたって仲睦まじゅうございますがな」

「なに、それではそなたの家に揉めごとはないと申すか」

「ございません。それより本日は八朔の大紋日、格別な警戒をお願い申します、村崎どの」

「それは最前わしがそなたに忠言した言葉ではないか」

「そうでござったか」

と首を捻った幹次郎の目に嶋村澄乃の姿が入った。ただならぬ気配があった。

「村崎どの、それがし、見廻りに参る」

と言い残した幹次郎はいつもとは違った風景を呈《てい》する仲之町の奥へと向かった。

するとすいっ、と澄乃が幹次郎の後ろに従ってきた。

「ただ今高尾太夫の道中が始まります。その中に桜季さんの姿がございません」

幹次郎は後ろを見た。

「高尾太夫の道中に新造の桜季も加わるはずであったか」

「遣手のおかねさんにそう聞いております。三浦屋さんでは薄墨太夫がいなくなって初めての八朔、薄墨太夫の禿、振袖新造たちを加えていつも以上に賑やかな花魁道中にすると、言われていました」

「白無垢の仕度は桜季もしておるのだな」

「はい。一度ならず妓楼の中でその姿を見ました。ですが、楼の前に道中を組んだ中には姿が見えませぬ」

「澄乃、三浦屋に戻り、おかねに質してみよ。ひょっとしたら道中から外されたかもしれぬ」

はい、と答えた澄乃が三浦屋のほうに小走りに向かった。

幹次郎は、金次たちが、

「女は切手、女は切手」

と叫ぶ中を大門の外に出た。

「神守様、どこに行くので」

「金次、ちと用事ができた」

と幹次郎は言い残すと、人込みを掻き分けるように五十間道を進み、右手の路地に入った。向かった先は建具屋の孝助の家だ。

「神守様、正三郎がなにか」

ともはや仕事を終えた体の兄が弟のことを案じた。

「正三郎どのと玉藻様は仲睦まじく過ごしておられる。頼みがある」

「なんでございますな」

「どこぞで深編笠を借りることができぬか」

「古い笠なればうちにもありますけど」

「借り受けよう」

幹次郎はそう言うと袴を脱ぎ捨て着流しになった。そして、脇差を外し、袴といっしょにした。そこへ孝助が古びた深編笠を、

「これで役に立ちますかね」

と持ってきた。

「借り受ける。脇差と袴を少しの間、預かってくれぬか」

幹次郎は深編笠を被ると変装を終え、

「すまぬ、急ぐでな。これにて御免」

と大門前へと戻った。

幹次郎は大門を潜らず、いつもは駕籠屋が客を待つ大門外に仲間でも待つ風情で立った。そこからは大門を出入りする男女が見え、会所の若い衆の、

「女は切手」

の呼びかけも聞こえた。

仲之町では高尾太夫の白無垢姿の花魁道中に感嘆する声と俄の囃子《はやし》がいっしょになって、大紋日らしい、晴れがましいざわめきが大門外にも伝わってきた。

幹次郎の目に、乱れた髷《まげ》に日焼けしたような顔、木綿の古びた縞柄の単衣を着た女が手に竹籠を提げ、切手を差し出すのが見えた。俄見物に廓に入った女の形ではない。蜘蛛道の住人が廓の外に買い物にでも出るような光景だった。

女の切手を受け取ったのは金次だ。金次は切手をちらりと確かめると女の顔もさほど見ず通そうとした。

幹次郎は女の耳の後ろに白粉《おしろい》の跡が残っているのを見逃さなかった。

折りからいちばん賑わいを見せる刻限だった。

幹次郎が大門の外に踏み出そうとした女の前に立ったのは、その瞬間だ。

「大門の外に半歩たりとも出てはならぬ」

幹次郎の低い声に女がぎくりと身を竦《すく》めた。

「お侍さん、なにがあったよ」

金次が深編笠に着流しの幹次郎に尋ねた。

「金次、そのまま務めを続けよ。この女はそれがしが預かる」

その声に金次が、

「神守様か」

と驚きの声を発した。

「この女に曰くがあるのか」

「金次、そなたは務めを果たせと申したぞ」

と命ずると女の手首を摑み、ゆっくりと仲之町を奥へと向かい、揚屋町で一本の蜘蛛道に入った。

「桜季、そなたの歳にしても策を弄し過ぎたな。単衣や草履、竹籠まで蜘蛛道の住人から盗んだか。金次に渡した切手はどうしたな」

桜季は幹次郎の問いには全く答えなかった。

幹次郎が桜季を連れていったのは、三浦屋の裏口だ。桜季の手を引いて幹次郎が台所の土間に入ると、遣手のおかねが、

「おまえさん方、だれだい」

と質した。

「おかねさん、旦那はおられようか」

「えっ、神守の旦那かえ」

と驚きの声を発したおかねが薄汚れた顔に乱れた髷の女をしげしげと見て、

「おまえは桜季だね」

と険しい声を発した。

「おかねさん、帳場に通ってよいか」

「待ってくれないか。旦那にお伺いを立ててくるよ」

台所の板の間から帳場に飛んでいった。しばらくの間のあと、おかねが戻ってきて、幹次郎に頷き返した。

幹次郎は桜季の手を摑み、深編笠を被ったまま帳場に通った。おかねも同席した。

四郎左衛門が黙って桜季を睨みつけ、桜季は目を伏せた。

幹次郎は深編笠の紐を解いて笠を脱いだ。

「神守様が裏口から入ってこられるときは、必ず心臓が止まるほどに驚かされますな」

と言い、

「足抜をしようとしましたか」

と桜季を睨んだ。

「はい。ですが、半歩たりとも廓の外には出ておりませぬ」

幹次郎は言外に足抜は未遂に終わったと伝えた。

「おかねから神守様と番方が桜季の様子を気にかけていると聞いておりましたよ」

「すまないね、神守の旦那。私の立場では旦那に申し上げないわけにはいかなかったんだよ」

四郎左衛門の言葉におかねが言い訳した。

「四郎左衛門様、いえ、それがしの立場で三浦屋の内情に首を突っ込むなど僭越《せんえつ》至極、そのことは重々承知です」

「いや、おかねから話を聞いても会所にもそなたにもなにも言わなかったのは、神守様、そなたの腕前を信じていたからですよ。なにがあったか、正直に話してくだされ」

四郎左衛門が幹次郎に願った。

「このところ廓は穏やかでございました。ですが、蜘蛛道の住人からは、女物のふだん着や暮らしの道具など、さほど金目にならぬものが盗まれていることを聞いておりました。最前、高尾太夫の花魁道中に桜季の姿が見当たらぬと澄乃から聞かされて、桜季が八朔の賑わいに紛れて足抜を企てているのではと推測しましてな、門前で待ち構えておりました」

と告げた。

ふうっ

と四郎左衛門が息を吐いて、おかねが青くなった。

「澄乃さんは桜季を見張っておりましたか。わたしゃ、うっかりして見逃してしまいました」

「おかねさん、致し方ございますまい、女を含めて大勢が出入りする大紋日を狙われたらどうにも手の打ちようがございますまい」

と幹次郎が答えた。

帳場格子の内を重い沈黙が支配した。

「神守様、桜季をどうなさるおつもりですね」

「三浦屋の主は四郎左衛門様です。煮て食うも焼いて食うも旦那のお考え次第でござろう」

「たしかにさようです」

と応じた四郎左衛門が、

「半籬に鞍替えさせれば、この娘にかけた金子の半金は取り戻せましょうな」

と言った。そして、

「神守様、この桜季が根性を捻《ね》じ曲げたのは明らかに薄墨太夫が落籍した辺りからでしたな。となれば、神守様、そなたに関わりがないとは申せますまい」

幹次郎は頷いた。

「旦那、薄墨太夫の落籍とこの桜季の根性悪《わる》は、関わりがあるとは思えませんよ。こうして神守様が足抜を阻《はば》まれたんです。この女の悪評が広まらないうちに品川《しながわ》か内藤新宿《ないとうしんじゆく》に売り払うのも手かと思いますがね」

とおかねが言った。

「それも手じゃな」

と応じた四郎左衛門が幹次郎を見た。

三浦屋の前に高尾太夫の一行が仲之町張りを終えて戻ってきた気配が伝わってきて、おかねが帳場から飛んでいった。

帳場に残ったのは、四郎左衛門と桜季、そして幹次郎の三人だ。

「神守様、そなたはこの娘の始末を考えていなさるのではございませんか」

と尋ねた。

「四郎左衛門様は、この桜季を一時《いっとき》引込新造にと考えられましたな」

「薄墨太夫の考えもございましてな」

「ですが、おふたりの気持ちを何度も踏みにじってしまった」

「はい」

「考えてみれば桜季は十五歳です。三浦屋で奉公する機会を今一度許してくれませぬか」

「このまま桜季に振新《ふりしん》を続けさせろと申されますか」

「いえ、それは高尾太夫をはじめ、皆さんがお許しになりますまい」

幹次郎の言葉に四郎左衛門が重々しく頷いた。

「吉原がどのような遊里か、この桜季に新たな経験をさせてみてはいかがでございましょうな」

「どうなさるおつもりですな」

四郎左衛門の問いに幹次郎が答えるにはしばし間があった。

「桜季を切見世に暮らさせます」

「なんですと」

四郎左衛門は驚愕したが、桜季は切見世がどのような場所か分からぬのか、ただ黙り込んでいた。

幹次郎は、四郎左衛門に切々と己の考えを説いた。

長い話を聞き終えた四郎左衛門が、

「神守様はうちが桜季にかけた金子を鉄漿溝に捨てよと申されますか」

「万にひとつですが薄墨太夫の跡継ぎとして、この桜季が生まれ変わるかもしれません」

「切見世修業ね、呆れた話だ」

と言った四郎左衛門が長いこと沈思した。そして、言った。

「私はね、この桜季を信用するのではございません。神守様を信頼してこの娘の身をそなたに預けます」

しばらくしておかねが帳場に戻ってきたとき、幹次郎と桜季の姿はなかった。

「旦那、桜季はどうなりましたね」

「おかね、そのうち噂が伝わってこよう。そのとき、腰を抜かすことになる」

と四郎左衛門が言った。

幹次郎は京町一丁目と西河岸の間の木戸を潜って桜季を西河岸に連れ込んだ。

その途端、桜季の足が竦んで立ち止まった。

京町一丁目と西河岸では極楽と地獄ほどの違いがあった。

初めての桜季は、なんとも表現のできない異臭に襲われたはずだ。人の欲望と暮らしが絡み合い淀《よど》んで、饐《す》えた臭いが狭い「河岸」に濃く漂っていた。

「どうしたな、入らぬか」

幹次郎の言葉に桜季は恐怖と嫌悪《けんお》で五体を竦ませていた。

「そなた、吉原に来て何年になる。二年であったか。そなた、吉原のすべてを承知したつもりであったろう。よいか、ここは大籬三浦屋からわずか一丁（約百九メートル）も離れておらぬ。そなたは、吉原に光と闇があることを知らずして、薄墨太夫や四郎左衛門様方の庇護《ひご》の下でのうのうと過ごしてきた。そなたが桜季の名を捨て、名無しの娘として本日から暮らすのはこの西河岸じゃ、そなたが西河岸をどう思うか、まず暮らしてみよ」

幹次郎は、桜季の手を引いて西河岸に入っていった。

「以後、それがしが許すまで表通りの五丁町に立ち入ってはならぬ」

桜季は嫌々をしたが、幹次郎は手首を放さなかった。

「五丁町ばかりが吉原ではない。この西河岸も東の羅生門《らしょうもん》河岸も吉原だ。この切見世の中で必死に生きておる女郎衆もいる。そのことをそなたが身に染み込ませるまで暮らすのだ」

「なぜかような場所で暮らさねばならぬのか、分かりませぬ」

と初めて桜季が言葉を発した。

「分からぬか。そなたは、五丁町の大籬三浦屋にありながら幾たびとなく主や太夫、朋輩や遣手のおかねを裏切った。それがどのような行いか分からぬか。世の中には理不尽と思われることも多々ある。そなたは吉原の極楽にいて地獄を見ておった、ゆえにその場から逃げ出すことばかりを考えておった。そなたが、今潜ってきた木戸を抜けて三浦屋に帰るには、地獄の暮らしも人の暮らしのひとつと身に染み込ませなければなるまい。この西河岸で生涯を終えるか、今一度五丁町に戻れるか、そなたのこれから次第だ」

と言った幹次郎は、一軒の局見世に桜季を連れていった。

間口四尺五寸（約百三十六センチ）の見世だった。大籬の三浦屋からは想像もできない狭さだった。

「初音、この娘だ」

「会所の旦那かい。ふーむ、過日の約定通りにすればよいんだね」

「ああ、頼む。決して甘やかすではない」

「どれほど預かればよいね」

「さあてな、名無しの娘の心がけ次第だ」

「あいよ」

と答えた初音が、

「萬亀楼の旦那が亡くなったってね」

「増太郎の不始末を自らの命で贖った。その代わり萬亀楼は、雄二郎さんが新たな楼主になる」

「世の中、うまくはいかないね」

「考え次第だ、初音」

幹次郎の言葉に初音から返事はなかった。

「さっさと入りな」

と初音が桜季に命じる言葉を背に聞きながら、幹次郎は五丁町へと戻っていった。

三

八朔の夜は、一見なにごともなく更けていき、引け四つが迫ってきた。

もはや俄見物の女たちの姿も素見の客の姿もまばらだった。あとは馴染の遊女のもとへ駕籠で乗りつけてくる客がいるばかりだ。

幹次郎と仙右衛門のふたりは、四郎兵衛に呼ばれ、遅い夕餉をともにすることにした。

大紋日には幹次郎も仙右衛門らも大門が閉じられるまで残るのが習わしだ。そのために若い衆はそれぞれが交代で夕餉を摂《と》った。

膳が三つ出ていて酒も供されていた。

「ご苦労でした」

四郎兵衛がふたりに労いの言葉をかけた。

そこへ玉藻と正三郎の夫婦が姿を見せた。すでにこの刻限に引手茶屋に入る客はいない。正三郎は、明朝後朝《きぬぎぬ》の別れの客のための朝餉の仕度を終えたのであろう。

初めて大紋日の夜を乗り越えた夫婦にどことなく安堵の色があった。

玉藻が銚子を手に四郎兵衛と幹次郎の杯に酌をしてくれた。

「正三郎さん方は夕餉を済まされましたか」

幹次郎の問いに正三郎が、

「私どもは交代でめしを食うのに慣れております」

と答え、

「正三郎が賄《まかな》いごはんを作ってくれました、京の修業時代に覚えたそうです。丼に装ったごはんの上にまぐろなど味付けした魚の切り身を載せたもので、若い衆に大評判でした」

と玉藻が言い添えた。

「美味《おい》しそうですね」

幹次郎は供された膳を見た。

味噌漬けの金目鯛《きんめだい》の切り身が網の上であぶられたものが主菜で、なんとも美味そうだった。

「明朝お客に供するものとは、いささか献立《こんだて》が違います」

と正三郎が言った。

「頂戴します」

と幹次郎が杯の酒を口に含むと、四郎兵衛も口に持っていきながら、

「神守様はどえらいことをしてのけましたな」

と幹次郎に言った。

「えっ、またなにかあったの」

玉藻が幹次郎を見た。

仙右衛門が幹次郎を睨んだ。

正三郎はこのような場に慣れておらず、四郎兵衛と幹次郎を交互に眺めた。

「七代目の耳に入りましたか」

頷いた四郎兵衛が、

「ようも三浦屋の四郎左衛門さんが許されたもので」

と淡々とした口調で言った。

幹次郎は呑み干した杯を膳に置くと、

「しくじればそれがし腹を斬らねばなりますまい」

と漏らし、

「えっ、まさかそんなことが」

と玉藻が驚きの言葉を漏らした。

「玉藻、正三郎、番方、神守様はな、大紋日の混雑の最中に足抜をしようとした三浦屋の振新を捕まえなすった。四郎左衛門さんの許しを得て、なんとその娘を西河岸に連れていかれ、当分初音なる女郎の下での吉原暮らしのやり直しを命じられたのだ」

三人は言葉を失ったようで、啞然《あぜん》とした顔で幹次郎を見た。

「それがしの僭越至極な申し出を四郎左衛門様は、お許しくだされました。あの娘が立ち直るかどうか、一か八《ばち》かの賭けにございます」

幹次郎はだれにとはなしに説いていた。

「一体全体どういうことなの、神守様」

玉藻が尋ねた。

「あの娘は、薄墨太夫の下で禿から振袖新造に昇進し、三浦屋さんでは引込新造としていずれは薄墨太夫の跡を継がせようと考えたほどの逸材《いつざい》でした。ですが、周りが期待を寄せれば寄せるほど当人は反発し、楼の中で独り浮き上がっておりました。理由はどなた様にも推測がつきましょう」

「桜季さんのことなのね」

玉藻の問いに幹次郎は頷いた。

「薄墨太夫や妓楼の主様方も桜季の美貌と頭のよさを買っておられました。じゃが、桜季には吉原に馴染めぬ頑《かたく》なな心が、曰くがありました」

「姉の小紫さんが火事の夜に足抜したのよね」

幹次郎の説明に玉藻だけが応じて、男たちは黙していた。

「はい。その経緯はこの場におられる方々は承知しておられましょう。ゆえに重ねて説きは致しませぬ。桜季は姉の真似を繰り返した」

「だが、大門を出る前に神守様に見つけられた。大門の外に半歩でも出ていれば、もはや言い訳は許されません。それにしても西河岸に身を落とさせたとは」

四郎兵衛が嘆息《たんそく》した。

仙右衛門が真っ赤な顔でなにか言いかけたが、必死に堪えて口を噤んだ。

「未遂とは申せ、足抜を企てた桜季に残された道は、吉原の中で他楼に売られ、明日から客を取らされるか、品川宿など四宿《ししゆく》に売り払われるかしかございますまい」

「それで、神守さんよ、おまえさんが四郎左衛門様に談判して、西河岸の切見世に落としたというのか」

とうとう堪え切れなくなったか、舌鋒《ぜっぽう》鋭く番方の仙右衛門が幹次郎に詰問した。その顔には怒りがあった。

「番方、むろん西河岸で桜季が客を取るというのではない」

「すべてぶち壊しじゃないか。客を取る取らないじゃない、どうやって西河岸や羅生門河岸に暮らした女が五丁町に戻れるか。よしんば戻ったとしても客がつくか、朋輩が許すか」

仙右衛門は自分の言葉に昂奮《こうふん》したか激した口調で言い募った。

その言葉に幹次郎は静かに頷いた。

「桜季は足かけ三年も吉原に暮らしながら、廓の都合のよいところしか見ておらなんだ。その上、胸の中に黒々とした不満を溜めていた、姉の小紫の一件でな。それが薄墨太夫の落籍で、ぱあっ、と一気に表に出てきたのではないかと思う」

「だからって大籬の振袖新造をいきなり西河岸に落としたか」

「番方、廓生まれのそなたに説くのは釈迦に説法であろう。切見世に身を落とした大半の遊女衆が河岸の中で必死に生きておられる。その生き方は大籬の三浦屋の花魁であれ、羅生門河岸の切見世の女郎であれ同じことだ。桜季は、これまで吉原の光が当たらぬ河岸の切見世の存在など、努々《ゆめゆめ》考えもしなかったであろう」

「だからって神守様が教えようとしたのか」

「節介は分かっておる」

「節介なんて生易しい言葉じゃねえぞ。ひとりの振新を潰すかもしれない話だぞ。三浦屋は、桜季の身にこれまで百両近くの金子を注ぎ込んでおられよう」

幹次郎は仙右衛門の非難を黙って受け止めた。

「西河岸に落とせば、もはや使いものにならぬ。どぶの臭いに染まった女郎に客がつくかよ」

仙右衛門が言い切った。

「他所《よそ》の楼に売れば半金は取り返せるじゃないか」

「そうかもしれぬ」

と答えた幹次郎に、

「神守様よ、三浦屋の旦那の信頼の篤《あつ》いのをいいことにいささか甘えておられぬか。おまえ様、なにを考えているんだ」

激しい非難の言葉が続いた。

四郎兵衛は平然としていたが、正三郎は初めて接する番方の激しい言葉に険しい顔で黙していた。

「番方、それがしの気持ちが分かってもらえるかどうか説いてみよう」

「話しねえ」

「日の当たる場所にいながら、花を咲かせぬ草木もある。反対に羅生門河岸や西河岸のような吉原の闇の中で、ささやかな花を咲かせようと必死で生きている年増女郎もおる」

「十五の娘にそんな地獄から這い上がってこいと、おまえ様は命じましたか」

「吉原にも極楽もあれば地獄もある、光もあれば闇もある。あの娘が吉原とはどういう場か、ふたつの暮らしがあることを身をもって知ったとき、女郎としてではのうて、人として変わるかもしれぬと思うたのだ」

「勝ち目のない博奕だな、神守様よ」

「かもしれぬ」

ふたりは見合った。

幹次郎の眼差しは冷徹《れいてつ》で、仙右衛門のそれには怒りがあった。

「三浦屋の旦那が神守様の手腕《しゅわん》を信じているからできたことね。お父つぁん、これまでこのような話を聞いたことがある」

玉藻が四郎兵衛に尋ねた。

首を大きく横に振った四郎兵衛が、

「長いこと吉原で生きてきたがないな」

と答えた。

「番方、わしやおまえさんのように吉原の考えに染まり切った者が思いつくことではない。しばらく黙って見ていようではないか」

四郎兵衛が仙右衛門に諭すように言った。

しばし間を置いた仙右衛門が四郎兵衛に頷き、視線を幹次郎に移して、

「おまえ様、えらい道を桜季と歩くことになったぜ。この話、早晩吉原じゅうに広まる。そして、おまえ様の手腕をだれもが見ておる」

番方の言葉に幹次郎は、黙したまま首肯した。

この夜、番方は幹次郎より先に大門の潜り戸を出ていった。

幹次郎は、独り西河岸を歩いてみた。

吉原のふきだまり、西河岸や羅生門河岸の切見世では泊まり客はまずいない。

一《ひ》ト切《きり》（およそ十分）五十文から百文で体を売るのだ、ここでは引手茶屋も花魁

道中も二階座敷の遊びもない。ただ暗い切見世が遊女の最後の稼ぎ場だった。

幹次郎はどぶ板道をゆっくりと開運稲荷の方角へと歩いていった。すると、
ぽうっ
と煙草を吸う火が見えた。

「旦那、心配かね」

と初音の声がした。

「まあな」

「煙草を吸うかえ」

と初音が煙管を差し出した。

幹次郎は受け取ると一服した。

幹次郎には煙草を吸う習慣がなかった。いや、大名家の長屋暮らしでは、煙草を吸う贅沢など許されなかった。

「旦那に頂戴した薩摩国分だよ、美味いね」

「残念ながら味が分からぬ」

幹次郎は煙管を返した。

薄く笑った初音が、

「今晩は一睡もできまいよ」

と名無しの娘のことを言った。ふたりの問答を娘は聞いているのだ。

「明日にも廓じゅうに話が広まるよ」

「であろうな」

「旦那は、そのことも承知で西河岸に落としなさったか」

「そういうことだ。それがしの知る娘ならば必ず這い上がってこようでな」

「闇のどん底で朽《く》ち果てたとしたらどうなる」

しばし間を置いた幹次郎が、

「それがしが腹を斬っても済むまいな」

「吉原は切腹で事が済む場所じゃありませんよ」

初音が言った。

幹次郎は、

「当座の同居代だ」

と一両を初音に渡すと、

「八朔の夜も更けた、体を休めよ」

と言い残して、いま歩いてきたどぶ板道を榎本《えのもと》稲荷の方角へ歩いていった。

月もない新月の夜半、小雨が降り出していた。

柘榴の家に戻ったとき、夜半九つ（午前零時）を大きく過ぎていた。だが、汀女も麻も起きていた。

「八朔の宵です、あれこれとございましたか」

と手拭いを差し出しながら麻が幹次郎に訊いた。

囲炉裏の切られた板の間ではない。ふたりは、座敷で離れ家の庵の名を書く稽古をしていたらしい。

「明日、棟梁が板を持ってこられたら、姉上が認められます」

と麻が言った。

頷く幹次郎に、

「お疲れの様子ですね」

と汀女が言った。

「また番方を怒らせたようだ」

「なにをなして仙右衛門どのを怒らせました」

「うむ」

「話しなされ」

汀女に催促された幹次郎は、今日一日の出来事を克明《こくめい》に告げた。

長い話になった。

麻は息を詰めて聞き入った。そして初音と最後に話をしてきたことを告げると、
汀女が、

「幹どのでなければできぬ相談です」

と平静な声で応じた。

「それがしは、人妻の姉様を攫《さら》って脱藩した男ゆえな、乱暴な考えをなすのであろうか」

「いえ、幹どのらしい真っ直ぐな考えです。あとは」

「桜季次第です」

と汀女の言葉を麻が継ぎ、

「私が吉原にてやり残したことを幹どのが代わりにやっておられます」

と言い添えた。

「今晩、あの娘は一睡もできまい」

「幹どのもまた眠られぬのではございませんか」

麻の言葉に、さあてな、と応じていた。

「桜季さんは八朔の騒ぎの中で、足抜をしようとした娘です。吉原ではどのようなお仕置きを受けようと致し方ございません。幹どのはそんな娘にもう一度生きる機会を与えられたのです。その真意を三浦屋の旦那様も理解なされた、四郎兵衛様も分かっておられます」

「それがし、あの娘に望みをかけたのだ。姉小紫の二の舞いにだけはさせとうはなかったのだ」

麻の両手が幹次郎の手を包み込み、

「姉上、幹どのはなぜかように女衆に優しいのでございますか」

と言った。

麻の温もりが幹次郎にじんわりと伝わってきた。

「私とそなたのふたりではもの足りぬそうな」

と笑った汀女が、

「幹どのは、初音さんのように西河岸に落ちようとも運命《さだめ》と諦めることなく、ただ今の暮らしを受け容れて生きておられるお方が好きなのです。そのことを桜季さんにも分かってほしいのです」

「姉上、麻も分かっております」

と麻が言い、汀女が、

「幹どの、桜季さんにどれほどの歳月が残されておりますか」

「四郎左衛門様の辛抱はまず半年かのう。その間にあの娘が我慢できるかどうか、いや、考えを変えることができるかどうかに、娘とそれがしの行く末が懸《か》かっておるわ」

と幹次郎は苦笑いした。ふたりに話したことで幹次郎の胸の中にあった閊えが幾分薄くなったように感じた。


その夜、幹次郎は夢を見た。切れ切れの浅い眠りの中での夢だった。

桜季の姉の小紫が悪鬼羅刹《らせつ》の形相《ぎようそう》で、

「吉原の裏同心神守幹次郎め、妹にまで邪魔立てするか」

と幹次郎を責め苛んでいた。

夢と分かっていて幹次郎は魘《うな》されていた。

「幹どの」

と女の声と猫の鳴き声が割って入り、目覚めると汀女と麻が両方から幹次郎の肩や手を取って起こしていた。そして、黒介までが幹次郎を見ていた。

そのとき、なぜか幹次郎には、

新月に　浅き夢みし　小ぬか雨

と下手な五七五が浮かんだ。

その胸のうちを読み取ったように汀女が、

「麻、幹どののそちらに添い寝なされ、私がこちら側に寝ますでな、幹どのに悪い夢など見させませぬよ」

と優しく命じ、麻がいそいそと夜具の中に入ってきた。

四

仲秋《ちゅうしゅう》がゆっくりと移ろっていく間、うすずみ庵の外壁の仕上げ塗りが行われ、柘榴の家と離れ家を結ぶ飛び石が置かれた。

日々麻の住まいが出来上がっていくのを、幹次郎も汀女も、むろん麻も楽しみに見ていた。

染五郎棟梁の話では、あと半月内にうすずみ庵は完成するだろうという。

段々と内装から外観まで整っていくのを柘榴の木も見ていた。

汀女は、染五郎親方が用意した桑の古板に「うすずみ庵」の五文字を書くために、得心がいく書体を探し、毎日のように紙に何百回と認めていた。

染五郎親方が用意した庵の名を書く桑の板切れは、幅四寸（約十二センチ）ほど、長さ一尺二寸（約三十六センチ）余を見ながら、上下はきれいに切りそろえられてはいなかった。それが風情を添えていた。

また棟梁はその本物の扁額の桑板とは別に、同じ素材の木っ端《こぱ》を汀女に渡していた。ゆえに汀女は、古びた木っ端でも、書体と墨の色合いを試していた。

「姉上、いつ本物の板に書かれるのです」

と麻が催促するように言うと、

「麻、姉様が得心するのを待つのだな」

と幹次郎が言い残し、柘榴の家を出た。

寺町の通りから土手八丁に向かうと、すいっと巻羽織の桑平同心が幹次郎に肩を並べてきた。小者を従えていないところを見ると私用だろう。

「神守どの、昨日井戸川医師が二度目の往診に見えられた。雪は小梅村の家に落ち着いて、どことなく安堵したような顔つきになった。井戸川医師は、八丁堀におるより気持ちに余裕が出たのだろう、それが雪の体調をよく見せておるのではないかと言うておった。それもこれも神守どののおかげだ」

「われらの間にさような言葉は無用です」

幹次郎の答えに頷いた桑平が、

「近々子供を伴い、母親に会わせるつもりだ」

「それはようございましたな」

「雪の実家から雪の母親や姉が毎日顔を見せて、お喋りをしていくようだ。なんだか雪がわしの手から離れていくようで、いささか寂しい」

幹次郎は桑平の正直な気持ちを聞いて思った。

「ちょっとしたら、雪どのは元気になって八丁堀に戻られるのではございませんか」

幹次郎の言葉に桑平はしばし間を置き、

「それはあるまい」

と呟いた。そして、

「本日は近況報告に参ったのだ」

と言い残すと、自分の縄張り内の御用に戻っていった。

幹次郎は桑平を見送りながら、世の中には思いがけない奇跡が起こり得ることもあるのだと、その背に語りかけていた。

幹次郎が五十間道を下っていくと孝助が立っていた。

「お早うございます、神守様」

と仕事着姿の孝助はどこぞに出かける様子だった。

「お出かけか」

「はい。汀女先生と麻様から普請中の離れ家の建具の相談に乗ってくれと願われました。わっしで宜しいのでと、何度も言ったのですがね、ぜひと申されまして」

「そうか、麻はそなたに建具造りを願ったか。それがし、うっかりしておった。麻の相談に乗ってくれ」

と願うと、

「精々頑張って造らせてもらいます」

と言い残し、幹次郎が出てきたばかりの柘榴の家に向かった。

大門前では二丁の駕籠が手持ち無沙汰《ぶさた》に客待ちしていた。

「裏同心の旦那か、駕籠は要らぬな」

と駕籠舁《か》きのひとりが言った。

「こないだは八朔であった。稼いだのではないか」

「その代わり、このところは上がったりだ」

「よきことも悪しきこともあっての暮らしだ。辛抱せよ」

幹次郎が顔見知りの駕籠舁きに応じると、待っていたように面番所から見習い同心の須崎松太郎が姿を見せた。

「会所の裏同心は遅い出勤じゃな。われらは半刻以上も前に出ておるぞ」

と嫌みを言った。

「昨夜、いささか遅かったもので、つい朝寝をしてしまいました。以後気をつけます。村崎どのはすでに出勤でございますかな」

「吉原会所が甘やかし骨抜きにしたせいで、それがしより一刻《いっとき》（二時間）は遅い出勤じゃ。この悪習はそれがしが改めていく、さよう心得よ」

見習い同心は初々しくも張り切り過ぎていた。

「承りました」

と幹次郎が一礼して会所に向かった。

本日は会う人が多い日だと幹次郎が思いながら敷居を跨ぐと、番方の仙右衛門がいきなり、
ぺこり
と頭を下げた。会所には番方ひとりで、他は見廻りに出ている様子だった。

「なんの真似だ、番方」

仙右衛門が小鬢《こびん》を掻きながら、

「お芳にきつく叱られた」

「ほう、お芳さんにね、番方、なにをしでかしました」

「おまえ様のことだ」

「それがしのことでござるか」

「桜季の西河岸落ちの話をしたら、お芳に、『神守様のなさることがそれほど信用できませぬか。黙って見ているのも朋輩の務めです』ときつく叱られました。その場に相庵《そうあん》先生もおってな、『あの御仁のやることは必ず深い考えがあってのことだ、お芳の言う通り、しばらく見ておれ。意外とこの荒療治が効くかもしれぬぞ』と窘《たしな》められた」

仙右衛門が神妙な顔で言った。

「えらい災難でござったな」

「どうもわっしには物事をうわべだけで考える癖があるようです」

とまた仙右衛門が頭を下げて詫びた。

「番方、詫びる要などない。それがしも思いつきをなしたまでだ。相庵先生の申される『深い考え』があったわけではない。ただ、先生の言われるように荒療治が効くことを桜季のために祈っておる」

というところに見廻り組が戻ってきた。

その中に澄乃がいて、幹次郎を見た。なにか話がありそうな顔つきだった。

「なにかあるのか、澄乃」

「娘さんが西河岸の切見世の前で洗濯をしておりました」

「どんな具合だ」

「初音さんに命じられて嫌々やっているってところでしょうか」

「まだ数日しか経っていないのだ、そう容易くは変わるまい」

はい、と頷いた澄乃が、

「この間、独りで西河岸に見廻りに行かれたそうですね」

「あの娘、一睡もしておるまいと思うてな、様子を見に行ったのだ。そしたら初音が煙草を吸っておったゆえ、しばらく無駄話をしてきただけだ」

仙右衛門が驚きの顔で幹次郎を見た。

「澄乃、初音のところに行く折り、あの娘にも声をかけてくれぬか」

「はい、そうします」

と澄乃が答えた。

「おまえ様という人は」

仙右衛門が幹次郎を見て言った。

奥座敷に通ったら、正三郎が作った朝餉の膳を四郎兵衛が味見していた。

「意外や意外、うちの朝餉が評判がよいと玉藻が言いますでな、今朝は客に出すのと同じものを食してみました」

「台屋の決まり切った食いものより、正三郎さんの旬の素材で冷たいものは冷たく、温かいものは温かいうちに供する朝餉が評判を呼ぶのは当然です」

「神守様、膳をもうひとつ用意致しましょうか」

と正三郎が言った。

「朝餉はうちで食して参った。次の機会に馳走《ちそう》になろう」

と応じた幹次郎は、正三郎の実兄孝助に五十間道で会った経緯を語った。

「そうですか、兄貴が麻様の離れ家の建具の注文を受けましたか。有難いことです」

と正三郎が言い、四郎兵衛が食し終えた膳を抱えて引手茶屋山口巴屋の台所に退がっていった。

麻は汀女が薄い墨字で、桑の古い板に、

「うすずみ庵」

の五文字を書くのを見ていた。

「これでどう、麻」

「染五郎棟梁が建てた離れ家の格が一段と上がりました」

と麻が言い、しみじみと見た。優美なかな書の四文字と庵の一字が溶け込んで、たおやかな扁額ができた。

「どれ、わっしにも見せておくんなさい」

と染五郎が言い、麻が桑の板を手にして差し出した。

「これはいい。麻様の住まいに魂が入りまさあ」

と言い切った。

墨が桑の板に染み込んで乾くまで母屋の日が差し込まぬ床の間に扁額がしばし置かれることになった。


この日、幹次郎は独りで廓内の見廻りに出た。

大紋日八朔が終わったせいで、なんとなく昼見世前の五丁町には弛緩《しかん》した空気が漂っていた。

日陰を歩く幹次郎がふと気づくと、後ろから会所の飼犬遠助がよたよたと従ってきた。

「遠助、散歩か」

吉原会所のだれもが遠助がいくつになるのか知らなかった。十歳を超えていることははっきりとしていた。会所に飼われるようになった折り、耳が両方ともぴんと立っていたが、ふと気づくと左の耳が垂れていた。

この夏の盛り、会所の土間で寝てばかりいた老犬が、

「夏を越すことができようか」

と案じられて、何度も会所で話に出た。だが、秋風が吹いてきてなんとなく持

ちこたえたようだ。

「遠助」

と声がかかった。

仲之町の物売りの婆様が遠助の名を呼ぶと、遠助はよたよたと、それでも尻尾を振りながら近づいていった。すると別の野菜売りのお婆が売れ残った草餅を小さく千切って遠助に差し出した。

遠助は嬉しそうにお婆の手から草餅をくわえ、ゆっくりと嚙んで飲み込んだ。

「会所の旦那、遠助ったら浅草田圃に吉原が引っ越したときからいるような顔をしているね」

「遠助にとって廓が終の棲家、居心地がよいのかのう」

草餅を遠助が食し終え、お婆が水を入れた皿を差し出すと、遠助が、
ぺちゃぺちゃ
と音を立てて飲んだ。

「また明日な、遠助」

とお婆に頭を撫でられた老犬は愛想に尻尾を振ってみせた。

「それがし、遠助がかようにそなたらに馴染んでおるとは、迂闊にも気づかなか

った」

「女郎さんに譬《たと》えると、番頭新造かね。遠助は吉原の隅から隅まで承知だよ」

幹次郎と遠助は、名も知らぬ野菜売りのお婆が店仕舞いして大門へと向かうのを見送り、水道尻へと足を向けると、遠助が珍しくも幹次郎に従ってきた。

京町一丁目の大楼三浦屋に差しかかると、昼見世前で張見世の中にはだれもいないように思えた。

「神守様」

と声がして浴衣姿に薄化粧の高尾太夫が格子の向こうに姿を見せた。

「えらいことをなされたそうな」

高尾が幹次郎に話しかけた。当然、桜季のことだ。

「怒っておられるか、太夫」

「なぜ怒らねばなりませぬ」

格子の向こうに高尾が端座《たんざ》した。

「それがし、勝手をなした」

「四郎左衛門様に代わり、折檻のつもりで西河岸に落とされましたか」

高尾の問いには訝しさが残っていた。

「太夫、まずそなたに詫びねばならぬ。そなたの下にあった振袖新造に、断わりもなしにあのような真似をしてしまった。まず太夫に断わるべきであったのだ、申し訳ござらぬ」

幹次郎は頭を下げて詫びた。

「三浦屋の主は四郎左衛門様です。神守様はその主の許しを得てなされたこと、一女郎がそのことに注文をつけられましょうか」

と答えた高尾が幹次郎の顔を格子越しに正視した。

幹次郎は高尾とこんなふうに話すのは初めてだな、と思いながら、なぜあのような真似をしたか、迷いを含めた正直な気持ちを説いた。

話を聞いてしばし沈思していた高尾が、

「神守様は、あの娘に今一度この吉原で生きる機会を与えようと、西河岸に落とされたのですね」

高尾の問いに幹次郎が頷いた。

「薄墨様が、いや、加門麻様がそなたを信頼したわけが今ようやく分かりました。そなたのなされたこと、一から十まで理解したとはいえません。でも、姉と同じ道を歩ませたくない神守様の気持ちは伝わりました。あとはあの娘が神守様の気持ちを分かってくれるかどうかだけです」

幹次郎は頷くと、

「万が一にもあの娘が五丁町に戻る日がきた折り、太夫、力になってくれぬか」

「むろんのことです」

と高尾が頷いた。


幹次郎は三浦屋から木戸を潜って西河岸に行った。すると遠助も従ってきた。

どぶ板がいつもよりきれいに掃除されていた。

「初音さんのところにおまえさんが預けた娘の仕事ですよ」

と切見世から声がかかった。

「自ら進んで仕事をなしたか」

「とんでもない。初音さんに叱られ叱られ、やっとこれだけ掃除をやり終えました。おまえさんの気持ちが通じるとは到底思えないがね」

と切見世の奥から言葉が続いた。

「どうしておるな」

「蜘蛛道に入っていくのを見たよ」

幹次郎は桜季だった娘に五丁町に出てはならぬと、命じていた。だが、蜘蛛道までは禁じていない。あの娘が蜘蛛道に入ったとしたら、行き先は知れていた。

幹次郎と遠助は蜘蛛道に入り込んだ。向かったのは天女池だ。

桜季は、禿の時代から薄墨太夫に連れられてしばしば天女池の野地蔵にお参りに来ていた。

お六《ろく》地蔵と名のついた野地蔵は、桜季・本名おみよを連れた祖父の又造《またぞう》が下総《しもうさ》結城《ゆうき》外れの村から背に負って吉原に運んできたものだ。最初は水道尻の番小屋の軒下に無断で置かれたが、四郎兵衛の考えで天女池の岸辺に置き直されたのだ。その曰くはもはやここでは語るまい。

いまや名無しになったおみよがただ今陥った苦境の中ですがるとしたら、天女池の野地蔵しかない。

やはりおみよは野地蔵の前にしゃがんで両手を合わせていた。

なにを野地蔵に祈願しているのか、幹次郎は、身の不運を呪っているのではないかと、想像した。

声をかけたものかどうか、幹次郎が迷っていると遠助がよろよろと蜘蛛道の暗がりから出て、野地蔵の前で合掌《がっしょう》するおみよのもとへとすり寄っていった。

おみよが気配に驚いて遠助を見た。

しばらく娘と老犬はお互いの顔を見合っていたが、不意におみよが遠助を両手で抱いて、身を震わし始めた。

おみよは泣いていた。

遠助はそんなおみよに抱きかかえられてじいっと耐えていた。

幹次郎は、ただ遠くからその光景を眺めているしかなかった。

秋の日差しが静かに天女池に散っていた。

この作品は、二〇一七年十月、光文社文庫より刊行された『浅き夢みし
吉原裏同心抄（二）』のシリーズ名を変更し、吉原裏同心シリーズの
「決定版」として加筆修正したものです。

光文社文庫

長編時代小説
浅《あさ》き夢《ゆめ》みし　吉《よし》原《わら》裏《うら》同《どう》心《しん》(27)　決定版

著　者　佐《さ》伯《えき》泰《やす》英《ひで》

2023年5月20日　初版1刷発行

発行者　三宅貴久
印　刷　萩原印刷
製　本　ナショナル製本

発行所　株式会社　光文社
〒112-8011　東京都文京区音羽1-16-6
電話　(03)5395-8149　編集部
8116　書籍販売部
8125　業務部

© Yasuhide Saeki 2023

落丁本・乱丁本は業務部にご連絡くだされば、お取替えいたします。
ISBN978-4-334-79470-5　Printed in Japan

R ＜日本複製権センター委託出版物＞

本書の無断複写複製（コピー）は著作権法上での例外を除き禁じられています。本書をコピーされる場合は、そのつど事前に、日本複製権センター（☎03-6809-1281、e-mail : jrrc_info@jrrc.or.jp）の許諾を得てください。

組版　萩原印刷

本書の電子化は私的使用に限り、著作権法上認められています。ただし代行業者等の第三者による電子データ化及び電子書籍化は、いかなる場合も認められておりません。